3個問號偵探團

9

鼴鼠任務

文 晤爾伏·布朗克

圖 阿力

譯 姬健梅

企劃緣起

現在，開始讀少兒偵探小說吧！

親子天下閱讀頻道總監／張淑瓊

閱讀也要均衡一下

爲什麼要讀偵探小說呢？偵探小說是一種非常特別的寫作類型，臺灣這幾年奇幻文學大發燒，類似的故事滿坑滿谷；除了奇幻故事之外，童話或是寫實故事也是創作和閱讀的大宗。偵探和冒險類型的小說相對而言就小眾多了。不過，偵探小說在全世界可是佔有很大的出版比例，光是看這兩年一波波福爾摩斯熱潮，從出版、電視影集到電影，就知道偵探小說的魅力有多大了。

但在少兒閱讀的領域中，我們還是習慣讀寫實小說或奇幻文學爲主，畢竟考試當前，升學掛帥，能撥出時間讀點課外讀物就挺難得了，在閱讀題材的選擇上，通常就會以市面上出版量大的、得獎的、有名的讀物爲主。殊不知，偵探故事是少兒最適合閱讀的類型，因爲它不只是一種文學，更是兼顧閱讀和多元能力養成的超優選素材。

成長能力一次到位

偵探小說是一種綜合多元的閱讀類型。好的偵探故事結合了故事應該有的精采結構、主角們在不疑之處有疑的好奇心和合理的懷疑態度，還有持續追蹤線索過程中的耐心與熱情，解答問題過程中資料的蒐集解讀、推理判斷能力的訓練，遇到難處或危險時需要的勇氣和冒險精神、機智和靈巧，還有和同伴一起團隊合作的學習，和面對彼此性格態度不同時的衝突調解和忍耐體諒。這些全部匯集在偵探小說的閱讀中，厲害吧！

閱讀偵探故事，可以讓孩子在潛移默化中培養好奇心、觀察力、推理邏輯訓練、資料蒐集能力、團隊合作的精神、人際互動的態度……等等。這麼優質的閱讀素材，怎麼能在孩子的閱讀書單中缺席呢！這就是爲什麼我們一直希望能出版一套給少兒讀的偵探小說系列。

閱讀大國的偵探啓蒙書

去年我們在法蘭克福書展撈寶，鎖定了這套德國暢銷三百五十萬冊、全球售出多國版權的【三個問號偵探團】系列。我們發現臺灣已經有了法國的「亞森羅蘋」、英國的「福爾摩斯」，還有我們出版的瑞典的「大偵探卡萊」，現在我們找到以自律、嚴謹聞名的閱讀大國德國所出版的「三個問號偵探團」，我們希望讓臺灣的讀者們也可以和所有的德國孩子一樣享讀這套「偵探啓蒙書」。跟著三個問號偵探團一樣，隨時準備好所有行動需要的工具，體會「空氣中突然充滿了冒險味道」的滋味，像他們一樣自信的說：「解開疑問就是我們的專長」。我們希望孩子們在安全眞實的閱讀環境中，冒險、推理、偵探、解謎！

推薦文

好文本×好讀者＝享受閱讀思考的樂趣

臺灣讀寫教學研究學會理事長／陳欣希

偵探故事是我最愛的文類之一。此類書籍能帶來「閱讀懸疑情節」和「與書中偵探較勁」的樂趣，但，能否感受到這兩種樂趣會因「文本」和「讀者」而異。以認知心理學的角度來看，「令人感興趣」即表示「大腦注意到並能理解」；容易被大腦注意到的訊息有兩種：新奇和矛盾，讀者愈能主動比對正在閱讀的訊息與過往知識經驗的異同，愈能將文字敘述轉為具體畫面並拼出完整圖像，就愈能享受閱讀思考的樂趣。但，正邁向成熟的小讀者，仍在培養這種自動化思考的能力，於是，文本的影響力就更大了。

了解前述原理，再來看看【三個問號偵探團】，就不難理解這系列書籍能讓人一口氣讀完而忽略長度的原因了。

「對話」，突顯主角們的關係與性格

文中的三位主角就像其他偵探一樣，有著「留意周遭、發現線索、勇於探查」的特質，不一樣的是，多了「合作」。之所以能合作，友誼是主要條件，但另一條件也不可少，即，各有專長。此外，更不一樣的是，這三位主角也會害怕、偶爾也會想退縮，但還是因爲友誼，外加「幽默」，讓他們即使身陷險境，仍能輕鬆以對。要如何感受到三位偵探間的深厚情誼以及各自鮮明的個性特質呢？請留意書中的「對話」！

「情節」，串連故事線引出破案思惟

情節安排常會因字數而有所受限制，或是案件的線索太明顯、眞相呼之欲出，連讀者都能很快的知道事件的原由；或是線索太隱密，讓原本就過於聰明的偵探一眼識破，而一頭霧水的讀者只能在偵探解說時才恍然大悟。這系列書籍則兼顧了兩者。書中的數個情節，看似無關，但卻有條細線串連著。只要讀者留意一些看似突兀的插曲，留意加入故事的新人物，其實不難發現這條細線，更能理解主角們解決案件的思惟。

【三個問號偵探團】這系列書籍所提到的議題，是十歲小孩所關切的。再加上文字描述能讓讀者理解主角們的性格與關係，讓讀者有跡可尋而拼湊事情的全貌。簡言之，對十歲小孩來說，此類故事即能帶來前述「閱讀懸疑情節」和「與書中偵探較勁」的雙重樂趣。對了，想與書中偵探較勁嗎？可試試下列的閱讀方法：

閱讀中

根據文類和書名以形成假設
（我知道偵探故事有哪些特色，再看到書名，我猜這本書的內容是什麼？）

→ **尋找線索以形成更細緻的假設**
（我注意到作者安排另一個角色或某個事件，可能與故事發展有關……）
（我注意到的線索、形成的假設，與書中偵探的發現有何異同？）

→ **帶著假設繼續閱讀**

→ **連結線索以檢視假設**
（哪些線索我比書中偵探更早注意到？哪些線索是我沒留意到？是否回頭重讀故事內容？）

推薦文

【三個問號偵探團】＝偵探動腦＋冒險刺激＋幻想創意

閱讀推廣人、《從讀到寫》作者／林怡辰

「老師，你這套書很好看喔！我在圖書館有借過！」、「我覺得這集最好看，老師這本你可以借我嗎？」自從桌上放了全套的【三個問號偵探團】，已經好幾個孩子過來「關注」：刺激、有趣、好看、一本接一本停不下來。都是他們的評語。

是的，【三個問號偵探團】就是一套放在書架上，就可輕易呼喚孩子翻開的中長篇偵探故事，每一本書都是一個驚險刺激的事件，場景從動物園、恐龍島、幽靈鐘、鯊魚島、古老帝國、外星人……光看書名，就覺得冒險刺激的旅程就要出發，隨著旅程探險，案件隨時就要登場！

故事裡三個小偵探，都是和讀者年齡相仿的孩子，十歲左右的年齡，帶著小熊軟糖、到達祕密基地，彼此相助和腦力激盪；勇氣是標準配備，細心觀察和思考是破案關鍵；好奇加上團隊合作，搭配上孩子最愛動物園綁架、恐龍蛋的復育、海盜、幽魂鬼怪神祕、幽靈船的膽戰心驚、陰謀等關鍵字。無怪乎，這套德國出版的偵探系列，一路暢銷、至今不墜，也輕易擄獲眾多國家孩子的心。

最值得一談的是，在書中三個小主角身上，當孩子閱讀他們的心裡的話、思考的模式：正面、善良、溫柔、正義；雖有掙扎，但總是一路向陽。讀著讀著，正向的成長性思維和不畏艱難的底蘊，輕鬆遷移到孩子大腦。

而且，這套偵探書籍和其他偵探系列的最大不同，除了場景都有豐富的冒險元素外，敘述和文字掌控力極佳，翻開書頁彷彿看見一幕幕畫面跳躍過眼簾，細節顏色情感，讀來感嘆萬千。不只偵探的謎底和邏輯，文學的情感和思考、情緒和投入，更是做了精采的示範！

在細緻的畫面中，從文字裡抽絲剝繭，一下子被主角逗笑、一下子就緊張的捏緊了拳頭。理解、整合、思考、歸納、分析，文字量適合剛跳進橋梁書的小讀者，當成偵探小說的第一次接觸。在享受文字帶來的冒險空氣裡、抓緊了書頁，靈魂跳進了迷幻多彩的偵探世界，大腦不禁快速運轉，在小偵探公布謎底前，捨不得翻到答案：「解開疑問就是我們的專長！」怎麼可以輸給三個問號偵探團呢！

就讓孩子一起乘著書頁，成為三個問號偵探團的第四號成員，讓孩子靈魂一起在文字裡探索、線索中思考、找到細節解謎，享受皺眉困惑、懸疑心跳加速，最後較量著誰能提早解謎，在三個偵探團的迷人偵探世界翱翔吧！

推薦文

值得被孩子看見與肯定的偵探好書

彰化縣立田中高中國中部教師／葉奕緯

在破舊鐵道旁的壺狀水塔上，一面有著白藍紅三個問號的黑色旗幟，隨風搖曳著，而這裡就是少年偵探團：「三個問號」的祕密基地。

開頭便用破題的方式進入事件，讓讀者隨著主角的視角體驗少年的日常生活，也在他們推敲謎團並試圖解決的過程中逐漸明白：這是團長佑斯圖的「推理力」，加上鮑伯的「洞察力」以及彼得的「行動力」，三個小夥伴們齊心協力，冒險犯難的故事。

而我們未嘗不也是這樣長大的呢？與兒時玩伴建立神祕堡壘、跟朋友間笑鬧互虧、跟夥伴玩扮家家酒的角色扮演，和大家培養出甘苦與共的革命情感——我們都是佑斯圖，也是鮑伯，更是彼得。

從故事裡不難發現，邏輯推理絕不是名偵探的專利。我們只需要一些對生活的感知力，與一點探索冒險的勇氣，就能擁有解決問題的超能力。

某日漫步街頭，偶然看見攤販店家爲了攬客而掛的紅色布條，寫著這樣的宣傳標語：「感謝ＸＸ電視台、〇〇新聞台，都沒來採訪喔！」看似自我解嘲的另類行銷，其實也在默默宣告著：「我們沒有強大的外援背書，但我們有被人看見的自信。」

【三個問號偵探團】系列小說，也是如此。

沒有畫著被害人倒地輪廓的命案現場、百思不解的犯案過程，以及天馬行空的破案手法等各式慣見的推理元素，書裡都沒有出現；有的是十歲孩子的純眞視角、尋常物件的不凡機關、前後呼應的橋段巧思，以及良善正向的應對態度。

或許不若福爾摩斯、亞森羅蘋、名偵探柯南、金田一等在小說與動漫上的活躍知名，但本書絕對有被人看見的自信，也值得在少年偵探類受到支持與肯定。

我們都將帶著雀躍的心情翻開書頁，也終將漾著滿足的笑容闔上。

來，一起跟著佑斯圖、鮑伯與彼得，在岩灘市冒險吧！

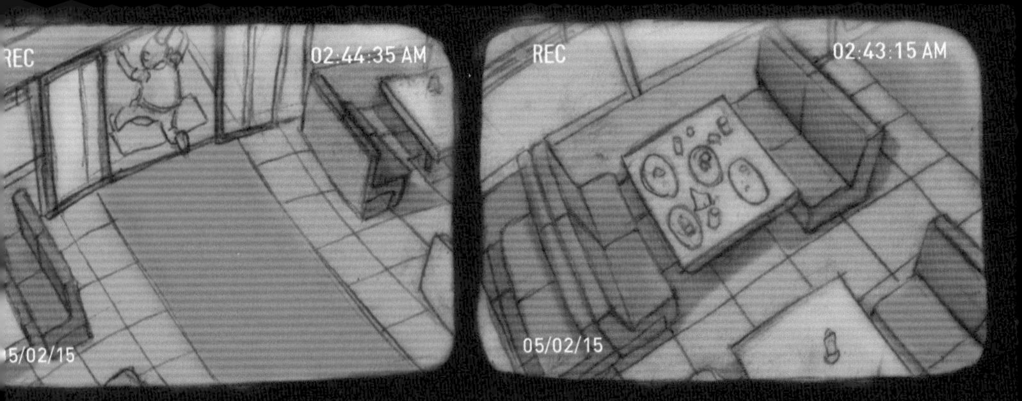

目錄

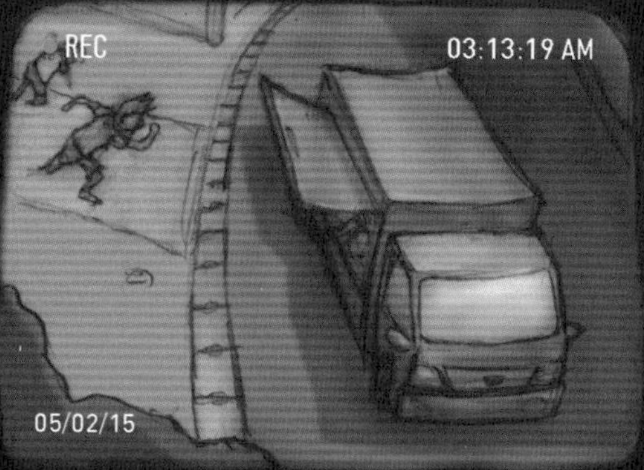

REC

05/02/15
03:36:53AM

人物介紹

藍色問號：彼得．蕭

年齡：十歲

地址：美國岩灘市

我喜歡：游泳、田徑運動、佑斯圖和鮑伯

我不喜歡：替瑪蒂妲嬸嬸打掃、做功課

未來的志願：職業運動員、偵探

紅色問號：鮑伯．安德魯斯

年齡：十歲

地址：美國岩灘市

我喜歡：聽音樂、看電影、上圖書館、喝可樂

我不喜歡：替瑪蒂妲嬸嬸打掃、蜘蛛

未來的志願：記者、偵探

白色問號：佑斯圖．尤納斯

年齡：十歲

地址：美國岩灘市

我喜歡：吃東西、看書、未解的問題和謎團、破銅爛鐵

我不喜歡：被叫小胖子、替瑪蒂妲嬸嬸打掃

未來的志願：犯罪學家

1

輪胎別墅

佑斯圖．尤納斯戴上厚厚的工作手套，看著那一大堆舊輪胎。好幾天前他就答應了提圖斯叔叔，要幫忙整理舊貨回收場。佑斯圖本來也樂意幫忙，畢竟叔叔會付他每小時五美元的酬勞。可是這個星期六是這一整年裡最熱的一天，而那一堆堆由舊輪胎堆成的小山似乎沒有盡頭。佑斯圖汗流浹背的把那些輪胎按照「尚可」、「勉強能用」和「根本不能用」來分類。工作一個小時之後，他已經堆起好幾座輪胎

塔，從屋子的門廊上也看不見他。除了二手汽車零件之外，他叔叔也買賣各種生鏽的舊東西。提圖斯．尤納斯總是一再強調那些是「有用物資」。像是壞掉的收銀機、沾滿灰塵的電視機、被拆開的電腦、故障的咖啡機，當然，還有數不清的舊輪胎。這時候佑斯圖幾乎被疊起來的輪胎團團圍住。他心想：「看起來就像是愛斯基摩人的冰屋。」接著他繼續工作，幾分鐘之內就用剩下的輪胎蓋了個圓形屋頂，然後欣賞著他的作品。

「歡迎來到輪胎別墅。」他笑著對自己說。他把一個特大號的輪胎滾到中央，舒舒服服的躺在那個輪胎上，閉上眼睛。可是他才闔眼，就被遠處傳來的一聲尖叫吵醒了。

「你給我站住！對，你最好給我站住，你這個可惡的小偷！」岩灘市有小偷？那是鄰居威莫斯太太的聲音。佑斯圖跳起來，跑著穿越到馬路另一邊。

「我抓到你了，你這個小滑頭。」那位老太太氣喘吁吁的說。「我怎麼也想不到會是你偷的，強尼，怎麼也想不到居然是你。」一隻短腿小獵犬被她伸出的手臂抓著，在她手中扭動。

「威莫斯太太，您的狗是小偷？」佑斯圖訝異的問。

「而且還是個厲害的小偷。平常牠總是偷偷叼走我的拖鞋，可是這一次牠把我兒子昂貴的名牌襯衫從晾衣繩上偷走了，不知道藏在哪裡。這下子我兒子星期一要怎麼去銀行上班？這個可憐的小男孩就只剩下五顏六色的休閒衫。」威莫斯太太口中的「小男孩」已經四十六歲了，在一家銀行工作。

佑斯圖仔細看了看那條晾衣繩，捏著下唇思索著。「嗯，威莫斯太太，我很難想像會是強尼偷走了那些襯衫。首先，牠根本搆不到晾衣繩；其次，牠不可能熟悉名牌衣物，而晾衣繩上的其他衣服都還在。我想，一定是另外有人動了手腳。」

可是鄰居太太不相信，她看著佑斯圖說：「唉，佑斯圖，你對小狗一點也不了解。我很確定是強尼偷的。」她又對著小狗說：「今天晚餐你沒有小餅乾吃了。你聽到了嗎？做錯事就得接受處罰。現在回你的籃子裡！」說完她就帶著她的狗回屋子裡去了。就在這一刻，鄰居太太院子的門「喀答」響了一聲。佑斯圖飛快的轉身，看見一陣微風吹起了幾片落葉。是風嗎？

瑪蒂妲嬸嬸剛在門廊上擺好喝咖啡的桌子，佑斯圖聞到剛烤好的櫻桃蛋糕的香味。他嬸嬸做的蛋糕在岩灘市大大有名。

不久之後，佑斯圖嘴裡塞滿了蛋糕，他一邊說：「那個威莫斯，她家晾衣繩上的衣服被偷了。」

「是威莫斯太太！」瑪蒂妲嬸嬸糾正她的姪兒，把果汁倒進他的杯子。佑斯圖從五歲起就跟她和提圖斯叔叔住在一起——當年他的爸媽在一場意外事故中喪生。

提圖斯叔叔把手裡的報紙擺在一邊，說：「威莫斯老太太的腦筋已經糊塗了。最近她有一次在我面前找她的帽子。」

佑斯圖笑著說：「讓我猜猜看，帽子就戴在她頭上。」

「不，比這更妙。她從來就沒有帽子。」提圖斯叔叔忍不住大笑，結果被蛋糕屑噎住了。

「別這麼大聲，」他太太用噓聲示意，「威莫斯太太說不定會聽見。」

提圖斯叔叔喝了一大口茶，用餐巾紙擦掉嘴邊的蛋糕渣，然後說：「哪會啊，她重聽得很厲害。」

接著他給了他姪兒整理舊輪胎的酬勞。

「等一下，提圖斯叔叔，你給的太少了。」佑斯圖埋怨著，拿著那五美元對他叔叔說：「我工作的時間不止一小時。」

「沒錯。可是我付錢給你不是要你用那些輪胎蓋個鼴鼠洞來睡午覺。你驚訝嗎？我可是什麼都知道喔。」

佑斯圖微微臉紅了，因為叔叔顯然逮到他在偷懶。「好吧，我承認。可是告訴我，你是怎麼發現的？」

叔叔似乎在等他問這個問題，他得意的站起來，把餐巾紙揉成一團。「跟我來，我讓你看看我的最新成就。」

佑斯圖好奇的跟著提圖斯叔叔走到工具棚，那裡存放著叔叔最心愛的舊貨，像是來自好萊塢的舊電影道具、總是不靈的自家發明，還有「鐵達尼號」（註①）的備用零件——至少把東西賣給提圖斯叔叔的那個精明生意人說那是真品。當叔姪兩人走進滿是灰塵的工具棚，提圖斯叔叔指指掛在牆上的一個老舊黑白螢幕。

「嗄？你帶我到這裡來，就是為了這個破舊的電視機嗎？」佑斯圖失望的說。

叔叔笑嘻嘻的說：「的確，這個電視螢幕很舊了。可是裡面播放的節目你應該會感興趣。」他啟動了螢幕，影像閃動，舊貨回收場出現在螢幕上。

佑斯圖立刻讚歎的說：「一個監視器。」

「沒錯，是我從調查局那裡弄來的。他們已經改用更先進的設備。你看：利用這個小操縱桿，我可以看見整座回收場。攝影機裝在屋頂上，可以向四面八方轉動。最棒的是有一部錄影機全天二十四小時把這些影像錄下來。現在看哪個小偷敢到回收場來。」

註①「鐵達尼號」是一艘英國輪船，在一九一二年橫渡大西洋時撞上冰山而沉沒，因此而喪生的乘客超過一千五百人，是歷史上最知名的船難。這個真實的沉船事件曾經被拍成許多部電影。

2

市集日

今天上午，佑斯圖·尤納斯還有另外一件任務，他得替瑪蒂妲嬸嬸去市區買些日用品。他抓起綠色的大菜籃，騎上了腳踏車。

嬸嬸追上來說：「還有，別忘了買櫻桃！今天是市集日——到廣場上的攤子去買！波特先生店裡賣的櫻桃太酸了。這裡有二十美元，小心別搞丟了！」

「好，好，瑪蒂妲嬸嬸，我知道啦。」

「另外，因為你們今天第一次獲准在你們的祕密基地過夜，我再多給你三美元。隨便你們想買什麼——畢竟這是週末。」

三個問號請求了好幾天，才終於獲准在外面過夜。昨天他們就已經把睡袋和其他用品運到「咖啡壺」了。除了他們之外，沒有人知道這個祕密基地究竟在哪裡。就連這一次，他們也拒絕向家人透露祕密基地的位置。

這時候天氣稍微涼快了一些，一陣微風從附近的太平洋吹過來。佑斯圖真想去海邊游泳，而不是去市集。他無精打采的沿著大馬路騎，不久之後就抵達岩灘市的市中心。星期六這裡很熱鬧，因為在一星期當中只有這一天是市集日。佑斯圖跟平常一樣把他那輛破腳踏車鎖在噴泉旁，從車尾架上拿下綠色菜籃。

突然有人在他身後笑著說：「嘿，佑佑，你還是一直用這個難看的籃子買東西啊。」說話的人是鮑伯·安德魯斯。就在同一刻，彼得·蕭也騎著他的新腳踏車飛馳而來——那是輛跑車型的腳踏車。

「嘿，還真巧。」彼得笑著說，「上星期我也替我媽去買日用品。我媽給了我一張清單，上面列的東西比我聖誕節想要的禮物還多。」

現在三個問號到齊了。他們還不知道這個週末將會成為他們一生中最刺激的一個週末。

彼得也用一條長長的鎖鏈把腳踏車鎖住，跟他的兩個朋友一起走向波特先生的小店。

佑斯圖發現一輛警車停在店門口。「你們看，就連警察今天也得來買日用品。」

可是他猜錯了。當他們三個走進店裡，看見雷諾斯警探正在問波特先生問題，這個生意人看起來六神無主。「現在請你再從頭說起，波特先生。你在十五分鐘前才發現店內遭竊？」

「對，沒錯。我因為要補貨，必須到地下室去。星期六總是很忙，客人發了瘋似的拚命買。你看看四周！貨架都空了一半。糖賣完了，馬鈴薯也賣完了，新鮮水果也幾乎賣完了——只有櫻桃還剩下很多。請跟我來！我把小偷爬進地下室的地方指給你看。」

三個問號好奇的跟在他們兩個後面。

「等一下，小朋友，這下面沒有你們的事。」另一名警察對他們說，同時張開雙臂攔住他們。

不過，雷諾斯警探立刻認出這三名小偵探，對他的同事說：「讓他們一起來吧，傑佛斯。他們是我的特別行動小組。」

聽見這句話，佑斯圖、彼得和鮑伯感到很自豪。他們跟著雷諾斯警探和波特先生走進地下室。到處都堆放著紙箱和一箱箱的飲料，數都數不清。

「你看，他們一定是從這上面進來的。」波特先生指著牆上一個圓形的小洞。

雷諾斯警探踮起腳尖，檢查那個地方。圓洞旁邊是扭曲的鐵窗和被拆掉的抽風機。「我懂了。平常抽風機透過牆上這個開口把新鮮空氣吸進地下室。那些小偷一定是從街上把鐵窗撬開，再把抽風機拆掉，用這種方式爬進地下室。這種事我還從來沒見過。」

佑斯圖站到他旁邊，說：「可是雷諾斯警探，這個小偷一定又瘦又小。因為就連我要從這個洞裡鑽出去都有困難。」佑斯圖一邊說，一邊努力把肚子縮進去。

鮑伯同意佑斯圖的看法。「說不定那些小偷帶著一隻猴子。我曾經看過一部電影，裡面有隻小黑猩猩從通風管道偷走了王后的鑽石。」

雷諾斯警探搔搔下巴。「嗯，我們會查清楚偷東西的是不是一隻猴子。波特先生，他們到底偷走了什麼東西？」

這個生意人激動的在儲藏室裡跑來跑去。「這裡！他們拆開了好幾個紙箱。他們從這個箱子裡偷走了手機；那邊那個裝著餅乾；這一個裡面是香腸罐頭；那一個裡面是巧克力。幸好那些手機全都是有問題的，我正打算退回去給廠商。」

彼得笑著說：「牠有可能是隻很餓的猴子，而且牠還有開罐器。」

「如果你們想說笑話，那就請你們立刻上樓去！」雷諾斯警探告誡他們。接著又問：「波特先生，如果從這個洞鑽出去，會從哪裡出來？」

「從內院。我的貨車和垃圾箱就放在那裡。」波特先生回答。

他們急忙離開地下室，跑到內院去。他們沒有花多少時間，就發

現了小偷留下的痕跡。「你們看！」佑斯圖興奮的喊，「小偷把兩塊巧克力掉在這裡。在車子旁邊還有一包餅乾。」

「小心！佑斯圖，什麼都別碰！那上面可能布滿了指紋。這些東西都要當作證據好好保存下來。」雷諾斯警探說完，就從外套口袋裡掏出一個小塑膠袋，小心的把這些證物推進去。

「好了，波特先生。我會帶著這些證物回警察局，請同事檢查。請你把所有被偷的東西列在一張清單上給我。我認為我們碰到的是新手，相信很快就能將竊賊逮捕。我會再跟你聯絡。」

不久之後，三個問號又站在店門口，朝著市集廣場看過去。彼得的目光落在他們停放在噴泉邊的腳踏車上，而他大吃一驚。「你們看哪！有人弄斷了我腳踏車的鎖。」

3

攔下小偷！

三個問號以最快的速度跑向噴泉。那條被弄斷的鎖鏈就躺在彼得那輛嶄新的腳踏車旁邊。彼得驚慌失色的說：「居然有這種事。有人想在大白天裡偷走我的腳踏車。」

佑斯圖仔細檢查那個鎖，然後說：「很可能是有什麼事阻攔了那個小偷，讓他決定最好還是溜走。我們在波特先生店裡只不過待了十分鐘。我敢打賭，弄斷鎖的人一定還在這附近。」

突然，從市集廣場的另一邊傳來一聲尖叫。「攔住那個小偷！他偷了我的皮夾。攔住那個小偷！」是瑪蒂妲嬸嬸的聲音。佑斯圖、彼得和鮑伯互看了一眼，立刻拔腿往那個方向跑。要從人群和市集的攤子之間擠過去並不容易，佑斯圖差點撞倒了一個推著嬰兒車的胖女孩。當他們終於抵達事發現場，有人正把一杯水遞給瑪蒂妲嬸嬸。

「發生了什麼事？」佑斯圖氣喘吁吁的問，握住了嬸嬸的手。

「噢，你在這裡真是太好了。事情真可怕，我才一下子沒注意，一個小男孩就把我的皮夾從菜籃裡拿走了。他動作好快，像風一樣。我追不上他，只好呼救。」

「您有認出那是什麼人嗎？」鮑伯問。

「沒有，事情發生得太快了，而且他戴著一頂帽子。我沒辦法描述他的長相。一轉眼他就消失了——就像是掉進地洞裡。」這時候人群圍著他們聚集起來，密密麻麻的圍了一圈。

「請大家讓我過去！請讓開位置，這裡沒什麼好看的！」是雷諾斯警探，他想從看熱鬧的人群中擠出一條路。最後他終於擠到瑪蒂妲嬸嬸身邊，喘著氣問：「現在又發生了什麼事？」

佑斯圖用短短幾句話向他說明這個事件。

「我真不敢相信，這一切居然全都發生在同一天，全都發生在我的城市，而且就在我快要退休之前。尤納斯太太，麻煩你跟我一起回警察局。我們可以在那裡把這件案子好好記錄下來。」

佑斯圖仍舊握著他嬸嬸的手。「瑪蒂妲嬸嬸，你怎麼會到這裡來？」

「我後來又想到還有幾件東西要買，是這個週末要用到的。唉，要是我留在家裡就好了。」

「您的錢包裡有多少錢呢？」鮑伯又問。

「幸好只有一張十美元的鈔票。我身上從來不帶太多錢，不會超過我實際上必須花費的金額。我甚至還在那張紙鈔上記下了要買的東西：衛生紙、雞蛋和太白粉。」現在瑪蒂妲嬸嬸決定自己去買所有的日用品，不再麻煩佑斯圖代買，晚一點她會和提圖斯叔叔再一起回到市集。

人群漸漸散開，大家又再忙著採購自己需要的東西。

「真奇怪，」佑斯圖思索著，「同一天裡小偷兩度在岩瀨市出手。先是有人從抽風孔鑽進波特先生的店裡，現在又發生這件事。這一定是同一個人做的。」

三個問號疲倦的坐在「喬凡尼咖啡館」裡，佑斯圖替他們三個各點了一杯可樂。「我請客。提圖斯叔叔今天給了我整理舊輪胎的錢。」

坐在咖啡館裡，他們能夠看見整片廣場。彼得又看見那個推著大型嬰兒車的胖女孩，她站在一個賣蔬菜的攤位前面，但是對於擺出來的蔬果似乎不怎麼感興趣，一直不安的東張西望。接著彼得看見有一件小東西突然從嬰兒車裡飛出來，掉到攤位下。

「嘿，那個嬰兒把他的波浪鼓還是什麼東西丟出來了。」彼得一邊說，一邊跳起來往那個方向跑。他喊道：「喂，小姐，你的東西掉了！」可是當他跑到那裡，那個推著嬰兒車的女孩已經又沒入人群中。彼得只好去蔬果攤下面找那個東西。他在空水果箱裡翻來翻去，突然撿到了一個皮夾。皮革正面印著姓名縮寫的兩個字母：MJ。

「瑪蒂妲．尤納斯。」彼得小聲的說了出來。

4

小賊

當彼得回到咖啡館，把那個空皮夾拿給他們看，鮑伯簡直不敢相信。「哇，這太瘋狂了，一個嬰兒偷了瑪蒂妲嬸嬸的錢。」

「你真是什麼也不懂，」佑斯圖打斷他，把可樂放在桌上。「那個嬰兒車裡當然沒有吃奶嘴的嬰兒，躺在裡面的是那個神祕的小賊。現在我全都明白了。看來那個女孩和那個小偷是一夥的。從那個小偷出手的方式看來，他一定是躲在嬰兒車裡。沒有比這更好的藏身處了。」

「那他為什麼又把錢包丟出來？」鮑伯想知道。

這一次，回答他的人是彼得。「所有的扒手都這麼做。他們當然只對皮夾裡的錢感興趣。錢看起來都一樣，可是皮夾卻可能會讓別人發現他們行竊的事。走，我們必須找到那個女孩！說不定他們還在這附近閒逛。」三個問號興奮的跑到市集廣場上，尋找那個胖女孩的蹤影。

已經有一些小販忙著拆卸自己的攤位，廣場上漸漸空了。

「那就下星期見囉。」一個賣魚的小販爬上他的貨車，向另一個小販道別。他發動了引擎，車子開始緩緩移動，那個推嬰兒車的女孩突然出現在車子後面。

佑斯圖推了他的兩個朋友一下，輕聲的說：「她在那裡！」

就在這一刻，那個女孩似乎發現掩護她的卡車移動了，急忙推著嬰兒車走進一條小巷子。岩灘市有許多這樣的小巷。三個小偵探不露痕跡的跟在她後面。女孩似乎察覺到有人在跟蹤她，便加快了腳步。在一個小十字路口，她一個不小心，讓一個枕頭從她穿的洋裝下面掉出來，於是她跑得更快了。

「她還有這一招，」佑斯圖喘著氣說，「那個枕頭和那個嬰兒車一樣，都是種偽裝。她想讓別人以為她是個胖女孩。走，要快一點，否則我們會把她跟丟了！」

一輛綠色貨車突然從右邊衝過來，在狹窄的巷子裡擋住了三個問號的去路。只聽見一扇拉門被用力關上，貨車車輪發出尖銳的摩擦聲，一溜煙的開走了。推嬰兒車的女孩也消失了。

彼得生氣的握緊拳頭。「可惡！沒戲唱了。她坐上那輛車溜掉了。前面是條死巷子，我們差點就可以抓到她。你們有誰記下了車牌號碼嗎？」

鮑伯搖搖頭。「沒辦法，事情發生得太快了。」

他們在人行道邊緣的垃圾桶旁坐下來，久久沒說一句話。最後一批逛市場的人提著沉重的購物袋，三三兩兩的從他們身旁走過。

不久之後，一個年紀比較大的男孩沿著街道慢慢晃過來，一邊試著用手機撥一個號碼。他似乎沒有注意到三個問號。

「嘿，是瘦子諾里斯！」彼得小聲說，三個問號本能的躲到垃圾桶後面。他們和瘦子諾里斯之間已經有過許多次不愉快的經驗。

可是那個大男孩突然在垃圾桶的另一邊停下腳步，把手機拿到耳朵旁，看起來很生氣。「喂，爸？又是我。不，我幾乎聽不到你在說什麼。這個爛手機壞了。喂？對，我用十塊錢向一個胖女生買的。搞不好是偷來的——不過我也不在乎。喂？好吧，我馬上回家。等著瞧吧，最好別讓我逮到她。待會兒見，爸。」

佑斯圖突然站起來，朝那個男孩走過去。「嗨，瘦子，你換了新手機嗎？」

「我不知道這關你什麼事，笨蛋。」男孩嘀咕著。

這時候彼得和鮑伯也從躲藏的地方猶豫的走出來。他們不明所以的看著佑斯圖，可是佑斯圖似乎有個計畫。「我這樣問，是因為我們今天也同樣受騙買到了一個壞掉的手機——從一個胖女孩那裡。」佑斯圖撒了個謊，臉都沒紅一下。

這下子瘦子諾里斯豎起了耳朵。「怎麼，你們也被她騙了？」

「是啊，真倒楣。這些東西看來全是廢物。」

現在瘦子諾里斯真的生氣了。「她最好不要讓我逮到。她找給我一張寫滿字的十元鈔票，當時我就覺得不太對勁。喏，你們自己來看看！」

三個問號好奇的仔細看著那張十美元紙鈔。紙鈔邊緣寫著：衛生紙、雞蛋和太白粉——顯然是瑪蒂妲嬸嬸的筆跡。

但佑斯圖不動聲色的繼續問：「那個女孩還說了什麼嗎？也許說了她的名字？」

瘦子諾里斯搖搖頭。「當然沒有——否則她就太蠢了。不過，等一等，最後她說如果我還需要些什麼，可以去找老沙，向他買一根加雙倍芥末的熱狗。我不知道她說這話是什麼意思。好了，你們胡扯得夠久了——我根本不知道我為什麼要告訴你們這些。我得回家了。」

說完，諾里斯就一邊罵一邊走開了。

5

暗號「老沙」

「我真不敢相信。」鮑伯忍不住說，「那些人是專業的小偷。那個小矮人先是偷偷闖進波特先生的店，偷走一批手機。接著他那個裝成胖子的同夥立刻把手機轉賣給諾里斯。不久之後，他們又偷走了瑪蒂妲嬸嬸的皮夾，把她那張寫滿字的十元鈔票找給諾里斯。這個案子解決了，我們得去告訴雷諾斯警探。」

「你忘了一件事，」彼得打斷了他。「我們不知道這個犯罪雙人組在哪裡。不過，這是警察的工作。走吧，你說得對，我們必須去警察局通報。」

可是他們運氣不好。雷諾斯警探和他的同事傑佛斯在十五分鐘前接到一樁竊盜案的通報，已經趕往現場了。

「這一次又是哪裡遭竊了呢？」佑斯圖感興趣的問。

櫃檯後面那名女警當然認得這三個小偵探，她猶豫了一下，然後說：「好吧，我告訴你們。雷諾斯警探被叫到羅迪歐大街的加油站去了。也許他們能在那裡逮到竊賊。」

三個問號拔腿就跑，衝向他們的腳踏車，立刻上路。羅迪歐大街離市區有點距離，將近十分鐘後，他們望見了那個加油站。

「糟了，沒看見雷諾斯警探的車。我們一定是錯過他了。」鮑伯氣喘吁吁的說，「我們最好再往回騎。」

可是佑斯圖好奇心太重，忍不住問了加油站老闆幾個問題。

「對，沒錯，是我叫警察來。不知道哪裡來的騙子在這裡加油，沒付錢就跑了。」加油站老闆回答。

佑斯圖又問：「會不會剛好是輛綠色的貨車？」

「沒錯，但我只看到了後車燈。我想我該買個監視器了，現在的社會風氣不同囉。現在我要打烊了，去老沙那兒買杯酒喝。」

鮑伯豎起了耳朵。「您剛才是說『老沙』嗎？」

「沒錯，就是下面碼頭邊那家酒館的老闆。那雖然是間廉價酒吧，賣的啤酒卻是冰涼夠勁。抱歉，我要走了。剛才我已經把事情的經過一五一十的告訴警察。不過，以我對警方的了解，他們只會寫一份報告，而我那五十公升汽油就等於白白損失了。我告訴你們，加油站不是門好生意。這年頭真糟糕，真是糟透了。」

佑斯圖看看他的兩個朋友。彼得很清楚他有什麼打算。「噢，不，佑佑，我知道你現在想做什麼。我可不要。我們應該去找雷諾斯警探，再由他去訊問這個老沙。」

可是過了十分鐘之後，他們三個就全都站在碼頭邊那家酒館前面。佑斯圖再一次成功的說服他的兩個朋友。「我們只進去看一下。這一點也不危險。看完後，我們還是可以騎車到警察局去。」

佑斯圖一點也不害怕，他把那扇嘎吱作響的拉門推到一邊，走進昏暗的酒館。陰森森的屋裡只有少少幾扇窗戶，全都沾滿油汙，光線幾乎透不進來。刺耳的鄉村歌曲從一個小擴音器裡傳出來，幾個漁夫坐在吧檯前面，沉默的看著面前的啤酒杯。彼得和鮑伯躊躇的跟在他們的朋友後面。佑斯圖勇敢的向老闆走過去，在吧檯前面的一張凳子上坐下。

「這裡沒有給小孩子喝的東西。」滿臉鬍子的老闆用低沉的聲音說，他往一個玻璃杯裡吐了點口水，再用被汗浸溼的襯衫擦乾。

可是佑斯圖沒這麼好打發。他說：「我也不是想喝什麼。我只想要一根熱狗，加上雙倍的芥末。」

那人叼在嘴裡的雪茄垂在嘴角，過了一會兒他才繼續擦乾手裡的玻璃杯。「你說要一根熱狗加上雙倍芥末？」

「沒錯，我快餓扁了。」

「喔，小朋友，像你這麼胖，不會那麼快餓扁的。」老闆笑著說。一名漁夫也笑了，笑聲漸漸變成沙啞的咳嗽聲。

「好吧。老沙從來沒讓誰餓扁過。等一下，我得去廚房一下。」

天花板上有一架沾滿灰塵的電扇在轉動，把香菸的煙氣吹得到處都是。五分鐘後老闆回來了，手裡拿著一根烤焦的熱狗，淋滿了芥末醬。「一塊二美元。」老沙用低沉的聲音說。

佑斯圖伸手到褲子口袋裡，把錢數給老闆，然後說：「呃，還有別的東西要給我嗎？」

老闆輕輕扯著蓬亂的鬍鬚，說：「喔，對了，對不起。我們這裡可是間五星級餐廳。這裡還有一張餐巾紙給你。」那個沒有牙齒的漁夫又笑了，喝下一大口啤酒。

等到三個問號出了酒館，站在門外，他們看著那根熱狗，覺得很噁心。

「你該不會想把它吃掉吧？」鮑伯感到作嘔。

「當然不會。雖然我總是覺得餓，但是這東西我實在吃不下去。我只希望那一塊二沒有白花，希望瘦子諾里斯說的是真話。」佑斯圖勉強看了那根熱狗一眼，立刻把它扔進樹叢。可是當他打開那張餐巾紙，他整張臉都亮了起來。「看吧，這上面寫著一個手機號碼。我想我們來對了。」不遠處有一個電話亭，他們走過去，佑斯圖興奮的撥了那個號碼。

「喂，是誰？」電話另一端響起一個男子的聲音。

佑斯圖猶豫了一會兒，然後說：「呃，我剛才買了一根熱狗。加上雙倍芥末。」

對方說：「好，很好。你需要什麼？」三個問號都把耳朵貼近聽筒。「怎麼啦？你點了一根特製熱狗是吧。告訴我你想要什麼，我就會替你弄來。」

佑斯圖的目光突然落在彼得那輛新腳踏車上。「嗯，我需要一輛腳踏車，但不是隨便一輛。必須是新的，而且是輛跑車型的腳踏車。最好是藍色車身配上銀色條紋。你有這樣的腳踏車嗎？」

對方似乎跟某個人商量了一會兒，然後又回來講電話。「沒問題，我能替你弄到這樣一匹鐵馬。一個小時之後到碼頭四號棚旁邊那個生鏽的貨櫃去。代價是四十美元。」

佑斯圖摸摸瑪蒂妲嬸嬸給他的那張二十美元鈔票。「先生，我只付二十美元。二十美元，多一毛都不付。」

「好傢伙，你似乎很懂得做生意。好吧，就算三十美元好了，就這樣說定了。一個小時後在貨櫃裡見。」說完對方就掛掉了電話。

佑斯圖擦掉額頭上的汗水。

「拜託，這算什麼？」彼得生氣的說，「你想扮演零零七情報員嗎？現在他們會把我的腳踏車從我屁股下偷走。整個岩灘市就只有一輛腳踏車符合你剛才的描述。」

這下子佑斯圖也覺得有點不安。「對不起，可是我當時想不出更好的主意。走，我們馬上騎車去找雷諾斯警探。」

6

一手交錢，一手交貨

這時候，太陽平躺在太平洋上，把海水染成了耀眼的紅色。騎車去警察局花了他們整整二十分鐘。

接待櫃檯的女警說：「抱歉，雷諾斯警探和傑佛斯警佐都還沒有回來。」接著又安慰他們：「我用無線電聯絡看看。」

三個問號不安的在走道上走來走去。那名女警對著無線電說：「中心呼叫雷諾斯警探，請回答！」可是沒有人回應。她向三個問號說：「我等一下會再試一次。你們想在這裡等嗎？」

彼得緊張的看出窗外，忽然激動的指著外面喊道：「怎麼會有這種事！你們看看那下面！他們就在警察局前面把我的腳踏車偷走了。我的車就這樣不見了。」

三個問號趕緊跑到馬路上，剛好看見那輛綠色貨車在不遠處快速開走，接著他們又跑回警察局。

佑斯圖上氣不接下氣的對那名女警說：「麻煩您告訴雷諾斯警探，說小偷開著一輛綠色貨車，剛剛偷走了我們的一部腳踏車。請他盡快到舊漁港碼頭，去四號棚旁邊的貨櫃。這件事很重要！」

「嘿，等一下！什麼樣的貨櫃？」那位女警還想追問。

可是三個問號早就跑掉了。

鮑伯因為載著彼得，只能慢慢騎。佑斯圖超車到他前面，氣喘吁吁的說：「我們在碼頭見。我先騎去咖啡壺，去拿我們偵探錢箱裡剩下的十美元。」

「你要那十美元做什麼？」鮑伯在他身後喊道。

彼得代替佑斯圖回答：「讓你猜三次。佑佑真的打算把我的腳踏車買回來。」

彼得很了解他的朋友，立刻就看穿佑斯圖的計畫。不久之後，佑斯圖騎到大馬路上，再騎兩公里之後，他轉進一條高低不平的小路。在那條長滿雜草的小路上，佑斯圖得推著腳踏車走完最後幾公尺。然後他就來到「咖啡壺」前面，這是他們三個小偵探的祕密基地。這其實是座廢棄的水塔，從前用來替蒸汽火車頭加水。如今這座水塔是空的，三個問號把水塔裡面布置起來，用幾根鐵條充當階梯，可以從下面爬進水塔。三個小偵探把他們從事調查工作所需要的工具都存放在這裡，包括指紋粉、好幾個放大鏡、一副望遠鏡、幾個手電筒，還有許多其他東西。除此之外也存放不少可樂、餅乾、糖果，還有他們的偵探錢箱。佑斯圖匆匆忙忙的把那個生鏽鐵盒裡的零錢倒出來，把一大堆硬幣塞進褲子口袋。「感覺上應該有十美元。」他估計。

不久之後，他們三個幾乎同時抵達了舊漁港碼頭。飢餓的海鷗在海面盤旋，隨著出海的漁人離開港口。

「現在我們要做什麼？」鮑伯問。

佑斯圖指著一個鐵皮搭成的棚子。有人用紅色油漆在門上寫了一個大大的4。再後面一點有幾艘放在托架上的汽艇，那個生鏽的貨櫃就藏在汽艇之間。

「我們偷偷溜過去，仔細觀察一切，一邊等雷諾斯警探過來。」佑斯圖喘著氣說。

聽到佑斯圖提起雷諾斯警探，彼得就放心的跟著佑斯圖和鮑伯走。接著他們躲在兩個空油桶後面。

過了很久，什麼事也沒發生。只有海浪聲和漁船的馬達聲劃破了寂靜。

又過了好幾分鐘，彼得小聲的問：「那人到底在哪裡？」一邊害怕的四處張望。

忽然有人笑著說：「那人是個女生。」說話的人就站在他們背後。

三個問號同時把頭轉過去，看見市集廣場上那個壯碩的女孩。她旁邊站著一個小男孩，一頭稻草色的蓬亂金髮，以他的年紀來說，他顯得太過矮小。

佑斯圖想說些什麼，卻只能結結巴巴的說：「我們，我們，欸，我們想要……」

那個壯碩的女孩笑嘻嘻的說：「我知道，你們想要一輛腳踏車。這大概是你們第一次買偷來的東西吧？不過我相信你們。老沙看人很準。你們可以叫我蘿拉，其他的事你們不必知道。他叫摩格里，個子小，動作敏捷，頭腦靈活。嗯，現在跟我們一起到貨櫃裡去吧！」

摩格里一個箭步跳到佑斯圖面前，對那個女孩說：「我不喜歡他們，蘿拉。一點也不喜歡。」

但蘿拉只是笑著說：「別鬧了，如果老沙說他們沒有問題，那他們就不會有問題。你們該不會去告發我們吧，會嗎？」說最後這句話的時候，蘿拉的臉色陰沉下來，伸出拳頭抵住鮑伯的下巴。

「她會空手道。」摩格里冷笑，「她可以把你的眼鏡劈成兩半。」

三個問號遲疑的跟在他們兩個後面，走進那個昏暗的貨櫃。他們別無選擇。

貨櫃的鐵皮生鏽了，有好幾個地方鏽出了洞，些許光線照進貨櫃裡面。蘿拉在他們身後關上貨櫃的兩扇大門，發出匡噹匡噹的聲音。過了好幾秒，他們的眼睛才適應了黑暗。

「那麼，現在我們來談正事。尼羅告訴我，你們講好的價錢是三十美元。好吧，那件好東西就在這裡。」

彼得的腳踏車就擺在貨櫃中央。

「我們在找的就是這樣一部腳踏車。」彼得用顫抖的聲音回答。

蘿拉說：「那麼這就是樁完美的交易。你們有帶錢嗎？」

佑斯圖伸手去掏褲子口袋，數出三十美元，但最後還少了二十二分錢。

「沒關係，我不會斤斤計較。」蘿拉笑著說，幾乎稱得上友善。「那一點錢就算是給你們的折扣。現在你們把這部腳踏車帶走吧，歡迎再來光顧。」

然而，摩格里又再次跳到他們面前，恐嚇他們：「你們要是亂講話，我們就會來找你們。到時候你們身上就會青一塊紫一塊。」

就在這一刻，門前傳來腳步聲。

「快，跟我們一起走！」蘿拉小聲的說，把三個問號推向貨櫃深處。摩格里急忙掀開地上的一個蓋子。「快進去，不要出聲！」

他們一個接一個的跳進一個深洞。那個小男孩立刻把他們頭上的蓋子又關上。「誰要是敢出聲，蘿拉就會讓你們嘗嘗空手道的厲害。」

7

鼴鼠任務

這時有人在用力敲貨櫃的鐵門。

「哈囉？我們是警察。」是雷諾斯警探的聲音。「傑佛斯，動手吧，把門打開！」

幾個小孩全都擠成一團，蹲在那個狹窄的洞裡。摩格里小聲的說：「這是我們的緊急藏身處，從來就沒有人找到過我們。」

那扇大鐵門匡噹一聲打開了。

「裡面有人嗎？」

「警探，這裡沒有人。這個貨櫃完全是空的。」

「等一下，傑佛斯。這裡有一部腳踏車，說不定就是被偷走的那一部。我們最好把它帶回警局保管。」雷諾斯警探的腳步漸漸走近，鮑伯又感覺到一個拳頭抵住了他的下巴。那位警探此刻就站在地洞的蓋子上。

「好吧，看來這裡的確沒有人。我們開車回去——但我會繼續注意這件事。傑佛斯，把這部腳踏車一起帶走！」

幾分鐘後就聽見一輛汽車開走的聲音。

摩格里生氣的掀開地洞的蓋子。「是你們把警察找來的吧，對不對？你們布下陷阱，想要抓我們。」

佑斯圖反應很快，用力搖頭說：「才不是呢。他們找我們已經找了好幾天了，因為我們好幾個星期沒去上學。」

蘿拉露出高興的表情。「我就知道，老沙是不會看錯的。你們跟我們是同類。可惜那輛腳踏車被他們帶走了，不過，我們會另外再找一輛給你們。」

三個問號暗自希望他們現在可以走了，但他們錯了。蘿拉對他們似乎另有打算。

這個女孩笑著說：「你們很酷，我倒想看看尼羅會怎麼說。說不定我們用得上你們。」

在貨櫃後面有一條岩石小徑通往陡峭的海岸。摩格里走在前面，得意的說：「這是我們的祕密通道。」

到了海岸，他們抵達一條多沙的道路。那輛綠色貨車就停在不遠處。蘿拉推開貨車的拉門，笑著說：「這是我們用來逃跑的車子，進來吧。」車上還有兩部腳踏車，三個問號在一張被劃破的長凳上坐下。坐在駕駛座的人朝他們轉過身來。

「這是尼羅！」摩格里介紹了他們這一夥的首領。

尼羅的年紀比那個女孩大一點，戴著一副深色太陽眼鏡，留著一撇小鬍子。他問蘿拉：「這是怎麼回事？你為什麼把這幾個男孩帶來？」

「尼羅，別擔心。老沙檢查過的，他們沒有問題。你自己也說過，我們那場大行動用得上每一個人。」

「什麼大行動？」佑斯圖脫口而出。

摩格里插嘴說：「我們才不會告訴你們呢。你們得先通過我們的入夥測驗。」

尼羅打斷這個小男孩。「等一下，你們得先說清楚，你們到底想不想加入。我們過著狂野而危險的生活，彼此之間就只知道對方的名字，其他一概不知。我們偷富人的錢來救濟窮人——也就是救濟我們。」說到最後一句，尼羅大聲笑了起來，最讓他感到得意的就是他這句玩笑話。

佑斯圖仔細思索了一會兒，然後也笑了。「我們當然想加入。我們也拿有錢人的東西，專門變賣偷來的腳踏車。便宜買進，昂貴賣出。偷拐搶騙都是我們的拿手把戲。」

聽見佑斯圖這樣說話，彼得和鮑伯都目瞪口呆。可是尼羅似乎很興奮。「這個胖子挺不賴，真的很不錯。我們這個禮拜天的大行動正需要這種人。蘿拉，你說得對，老沙是可以信賴的。」接著他就發動貨車啟程了。

那個女孩和摩格里去坐在前座，引擎轟隆隆的響起，三個問號終於可以偷偷交談。

「佑佑，你在亂講些什麼？」彼得小聲的說，「我們才不要加入這個竊盜集團！」

佑斯圖試著安撫他。「別害怕，這是我計畫的一部分。假裝投靠他們是目前最安全的辦法。只要他們信賴我們，我們就不會有事。再說，這樣一來，我們就能弄清楚他們打算做什麼。只要一有機會，我們當然就趕快開溜。」

鮑伯點頭表示同意。「佑佑說得對。假裝站在他們這一邊一定勝過跟他們作對。我認為蘿拉真的會空手道。從現在開始，我們就做鼴鼠的工作。」

「鼴鼠？」彼得不明白鮑伯的意思。

「是啊，混進罪犯中臥底的調查人員就叫做鼴鼠。可以算是間諜。小偷當中的間諜。」

8 白吃白喝

那輛貨車側面的窗玻璃內面貼著隔熱紙，三個問號看不見外面，只能猜測自己會被帶去哪裡。彼得從小洞裡向外望。「天快黑了，其他的車輛已經打開車燈。真糟糕，我們的爸媽還以為我們在咖啡壺過夜。我真想知道他們要把我們帶到哪裡。」

彼得沒等太久就有了答案。五分鐘後車子就停住了，車門從外面被拉開。

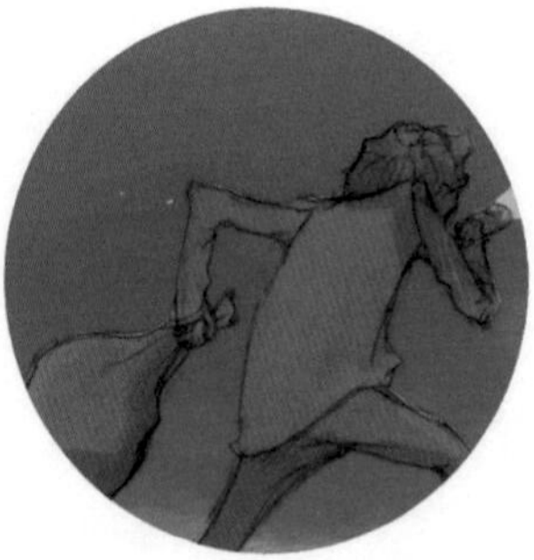

「大家都下車，」蘿拉笑嘻嘻的說，「該吃晚餐了。」這輛貨車就停在大馬路旁邊的一家餐廳門口。他們想必已經離開了岩灘市，因為三個問號不認得這家餐廳。

「可是我們身上沒有錢，」佑斯圖回答，掏出空空的口袋。但蘿拉只是笑著說：「錢？要錢做什麼？我們不是說過了：我們拿有錢人的東西。」

這時候尼羅也下車了。「正是如此。我們走進去，把肚子塞得飽飽的，然後就溜之大吉。」

「沒錯！」摩格里喊道，一邊從貨車上跳下來，他是最後一個。

「這叫做白吃白喝。這也是你們的第一項入夥測驗。每個人都得去。」

現在不是反駁他的時候，於是三個問號就跟著這一夥人走進餐廳。餐廳裡瀰漫著漢堡和薯條的氣味，佑斯圖感覺他的胃開始咕嚕咕嚕的響，可是當他們在一張桌子旁邊坐下，他還是說：「喔，可是我們都不餓，其實是飽得很。」

「胡說！」尼羅回答，「看你這個樣子，你明明吞得下半隻豬。」他向服務生喊道：「小姐，我們想要點餐！」

一個繫著圍裙、頭戴紅色鴨舌帽的年輕女子走到他們桌旁。「晚安，有什麼事需要我服務？」

蘿拉點了餐。「嗯，我們每個人都要一個大漢堡，加上大份薯條、乳酪醬和雞翅，另外還要六個熱狗和六杯大杯可樂。」

「就這樣嗎？」服務生問。

「對，先這樣。看看我們吃不吃得飽。我們是路過這裡。」尼羅回答。

彼得顯然不太自在，緊張的望向餐廳後面的一扇門。門框上掛著一個牌子，上面寫著：洗手間和電話間。

彼得突然說：「我得去一下廁所。」然後從椅子上站起來。

可是摩格里顯然不相信他，「好主意，我也一起去。」

彼得的計畫沒有成功。當他從那具公共電話旁邊走過，他同時想起他身上一毛錢都沒有。

「防人之心不可無。」摩格里笑嘻嘻的對他說。

不久之後彼得又坐在他的位子上。服務生剛剛把餐點送來，桌上擺滿了紙盒和紙杯。

「吃吧，小伙子！」尼羅笑著說，在熱狗上咬了一口。佑斯圖口水直流，但他沒有動搖。

蘿拉的眼神陰沉下來。「嘿，你們是怎麼回事？如果你們什麼都不吃，那你們就沒有通過入夥測驗。現在快吃吧！」

這幾句話咄咄逼人，讓三個問號同時伸手去拿漢堡。他們已經好幾個小時沒吃東西了。佑斯圖打算以後再回來付帳。他嘴裡塞滿了東西，問道：「你們是從哪裡來的？」

蘿拉用吸管喝著飲料，說：「我們來自四面八方。大多數的人是從青少年收容所逃出來的，不然就是離家出走，最後加入了我們。你們還會認識其他幾個人。現在我們是一家人，這裡待一待，那裡待一待。我們喜歡岩灘市這一帶，我想我們還會在這裡待一陣子。不過，再過些時候，我們就會到別的地方去。我不知道我們之後會去哪裡。也許會去好萊塢。你們呢？你們成天都在哪裡晃？」

這一次，回答她的人是鮑伯。他誇張的把沾著蕃茄醬的手指在T恤上抹乾淨，往椅背上一靠。「我們也不想再待在爸媽身邊了，也不在乎他們現在在做什麼。上禮拜我們三個全都被學校趕出來，之後我們就在做生意。你們知道的：手機、腳踏車、偷來的衣服——只要是我們弄得到的東西。我們一直在找像你們這樣的人，希望有機會能做一筆大生意。」佑斯圖和彼得從來沒想到鮑伯這麼會說謊話。

蘿拉很高興。「看吧，我的直覺沒有錯。他們正是我們需要的人。」

摩格里顯然不是這麼容易被說服，他懷疑的看著鮑伯說：「我不知道。不過，我會好好觀察他們。再說，他們也還沒有通過測驗。」

聽到這句話，三個問號吃了一驚，嚇得放下手裡的可樂，因為最糟的事情還在後頭。這時候尼羅站起來，朝他們彎下身子。「好，你們聽好了。我現在先去發動汽車引擎。等蘿拉給你們信號，你們就盡快跑出餐廳跳上車。明白了嗎？」三個問號緊張的豎起大拇指，表示沒有問題。

9

勇氣考驗

現在要玩真的了。胖女孩集中精神注意那個服務生的一舉一動。當那個頭戴紅色鴨舌帽的小姐終於暫時消失在廚房裡，蘿拉給了個信號。「走！你們能跑多快，就跑多快！」

三個問號沒有多想，從椅子上跳起來，弄翻了好幾個杯子。幾秒鐘之後，他們全都衝出了餐廳大門。

「停！不要跑！」另一個服務生在他們身後大喊。

一個繫著油膩圍裙的高大男子從廚房裡跑出來，罵道：「又有人來白吃白喝。讓我來給你們一點顏色瞧瞧！」他邁開大步，手裡拿著一根巨大的湯勺，追在這些逃跑的孩子後面。

「快一點！」尼羅對他們喊，汽車引擎轟隆隆的發動了。當彼得臉色蒼白的跳上車，佑斯圖才跑到一半。

「我會抓到你的，小鬼！」那個發怒的廚師在他身後大喊。佑斯圖拚命的跑，眼看那個廚師強壯的手就要抓住他的後頸，結果廚師突然絆了一跤，趴在草地上。佑斯圖用最後一絲力氣衝上貨車。

「不要再讓我看見你們在這裡出現！」那個廚師大吼，把手裡的湯勺朝他們扔過來。貨車的側門還沒關上，就已經衝上大馬路開走了。

「呼，剛才好險。」蘿拉喘著氣說，把車門拉上。「但是很有趣，對不對？你們看見他摔倒的樣子嗎？只有跟我們在一起，你們才會有這種經歷。」佑斯圖、彼得和鮑伯寧可不要有這種經歷。

開了幾公里之後，貨車停在路邊，尼羅也到後面跟他們坐在一起。

「小伙子，你們剛才的表現很不錯。你們以優異的成績通過了第一個測驗。胖子，我本來以為他們一定會抓到你，可是有時候人就是需要一點運氣。白吃白喝這一項測驗結束了，接下來要去找戶人家偷點東西。」

「嗄，去別人家裡偷東西？」彼得脫口而出，嚇得睜大了眼睛。

這似乎讓摩格里很高興。「看吧，現在他們沒膽了。我早就知道這是三個膽小鬼。我們最好是賞他們幾個耳光，然後趕他們走。」

彼得緊張的吞了一口口水。但他隨即深深吸了一口氣，把手放在摩格里的肩膀上。「矮子，你別說大話。偷東西對我們來說是家常便飯。我想，我們不如直接去硬碰硬的搶劫。你還在吸大拇指的時候，我們就已經去別人家裡偷過東西了。」

這話激怒了摩格里。他氣得漲紅了臉，跳起來跺腳。「我受不了一個瘦竹竿這樣跟我說話。蘿拉，去朝他的腦袋打幾拳！」

但那個壯碩女孩卻笑了。「別激動，摩格里，我覺得這滿酷的。

他們做過的事比他們告訴我們的更多。我們正需要這種人。」

尼羅試著打圓場。「你們都冷靜一點。我們馬上就能看見這三個男孩有什麼能耐。走吧，我們回岩灘市去找一個下手的好對象。」

在接下來的車程中，大家都沉默的坐在這輛綠色貨車裡，只有摩格里一直生氣的嘀咕。

這時候夜色已經籠罩整座城市，一輪滿月讓房屋的輪廓在冷冷的月光中浮現。這輛貨車緩緩駛過岩灘市空無一人的街道。一隻貓咪受到驚嚇，叼著牠找到的魚頭躲到垃圾桶後面。

蘿拉這時也坐到後面來，從窗玻璃上隔熱紙的小洞向外看。「尼羅在找一棟能讓我們下手的房屋，可是我覺得在市區裡這樣做不太安全。」不久之後，車子終於停住了。蘿拉輕輕推開拉門，說：「好吧，來看看尼羅替我們找到什麼好對象。」

三個問號簡直不敢相信自己的眼睛。他們就站在提圖斯叔叔的舊貨回收場的大門前面。

摩格里指著威莫斯太太的房子說：「那裡我們昨天已經去過了。我從晾衣繩上偷走了幾件絲質襯衫。住在這裡的人看來很有錢。」

佑斯圖看著他的家，不知所措。屋頂下的那扇窗戶內就是他的房間，此刻他真想睡在自己房間柔軟的床上。

這時尼羅也打開了駕駛座旁邊的車門，悄悄走到他們身邊。「這裡看來很不錯。沒有狗在叫，到處都黑漆漆的——太理想了。第二項測驗可以開始了，你們當中哪一個要去？」

三個問號吃了一驚，你看看我，我看看你，不知如何是好。

「我以為你們是老手？要進屋裡偷東西，總不能大家一起進去。所以，你們當中一個人去打開前面那扇窗戶。看起來那是廚房。在那之後，他最多還有五分鐘的時間。抽屜裡通常都會有現金，其他的東西都不重要。我們其他人分散開來把風，意思是大家都注意四周的動靜，提防有人過來。如果真有人過來，你們就吹一聲口哨。聽見口哨，就表示要拔腿快跑，趕緊上車，溜之大吉。你們都聽懂了嗎？」

三個問號緊張的點頭。

「好，我想這次由戴眼鏡的來做。胖子爬不了窗戶，瘦子等到要去搶劫的時候再派他去。等一下，我去拿裝備。」

尼羅在一個箱子裡東翻西找，接著遞給鮑伯一根鐵棍和一隻尼龍絲襪。「嗯，我想你知道這些東西該怎麼用吧。襪子你就套在頭上，這根鐵棍希望你會用，這裡還有一支手電筒。去吧！」

10

獨自行動

現在要說什麼都已經太遲了。在這種情況下，鮑伯沒有退路。他們全都彎著腰，偷偷走到舊貨回收場上。

「現在散開！」尼羅小聲的說。「我不想聽見一點聲音。而且別做蠢事！要記得，我們一定抓得到你們任何一個人。」

佑斯圖和彼得躲在佑斯圖上午才用輪胎搭起的小屋裡。從這裡他們可以看見鮑伯以慢動作朝著門廊走過去。

「我們得做點什麼。」彼得盡可能小聲的說。

佑斯圖不停揉捏著下唇。「我知道，可是我什麼辦法都想不出來。我們只好希望鮑伯能想出個點子。」

可是鮑伯什麼也想不出來。尼羅和蘿拉躲在棚子旁邊，棚子裡放著提圖斯叔叔最心愛的舊貨。

鮑伯一步一步的走近那扇窗戶。摩格里跟在他後面，鑽進門廊上那張木頭長凳底下。就在這一刻，一小片雲遮住了月亮，回收場上頓時一片漆黑。一陣叮叮噹噹的聲音突然響起，威莫斯太太家的短腿小獵犬大聲吠叫。幾秒鐘後，瑪蒂妲嬸嬸和提圖斯叔叔的臥室裡亮起燈光，月亮又從雲朵後面露出臉來。鮑伯一動也不動的站在被打破的窗戶前面，他雙手顫抖，那根鐵棍掉在地上。

「大家都回車上去。」尼羅生氣的小聲說，一邊跑向鮑伯，抓住他的衣領，拖著他跑。門廊上的燈亮了。摩格里跳起來，頭撞到了木頭長凳。

「快點！」現在尼羅大吼。佑斯圖和彼得別無選擇，只好隨著鮑伯爬上貨車。

蘿拉和摩格里也同時跳上貨車，尼羅再度轟隆隆的發動引擎。當佑斯圖最後一次望向那棟房屋，他看見瑪蒂妲嬸嬸出現在廚房窗前。

「救命！有人闖進來！提圖斯！趕快報警！」她驚慌的大喊，一邊揮動雙臂。

那輛貨車以全速開走，車裡的人全都緊緊抓牢車身。

「你腦筋有問題嗎？」蘿拉對著鮑伯吼。「你為什麼把玻璃打破？你們不是老手嗎？」

摩格里也氣得要命。「給他一拳！這個白痴。」

「安靜點！」尼羅從駕駛座上向後面吼。「你們最好是看看窗外，看警察是不是追過來了！」

不過，這夥人運氣很好。又開了好幾公里，仍然沒有其他車輛追蹤他們。接著，尼羅轉進一條高低不平的小路，把貨車藏在矮樹和灌木叢之間。貨車的拉門被打開了。

「好吧，小子，現在告訴我，你剛才在那扇窗戶下面做了什麼？」

尼羅說。

鮑伯用顫抖的聲音回答：「喔，我試著要把窗戶撬開，可是手不小心滑了一下，那根鐵棍就把窗玻璃敲破了。我發誓，這種事以前從來沒有發生過。」最後這句話他的確沒有說謊。

蘿拉最先鎮靜下來。「好吧。有時候是會發生這種事。對了，這東西你可以拿掉了。」她露出笑容，表示和解，並扯掉罩在鮑伯臉上的那隻絲襪。

他們一個接一個的下了車，走進黑夜裡。四面八方都是響亮的蟬鳴，還有浪濤拍岸的聲音從太平洋傳來。彼得從旁邊輕輕碰了佑斯圖一下。「你知道我們到了哪裡嗎？」不用彼得提醒，佑斯圖自己也看出來了。他們就站在他們的祕密基地「咖啡壺」前面。

此刻尼羅就站在那座舊水塔下方，正在仔細查看。「你們看！這也是個不錯的躲藏地點。裡面有足夠的位置，可以讓警察暫時找不到我們。」

三個問號緊張的看著尼羅順著那些鋼條往上爬，眼看他就要爬進「咖啡壺」裡。

不過，這一次摩格里幫了他們的忙。「算了，尼羅。這東西待會兒說不定會整個垮掉。下來吧，我有個更好的主意。」這個小男孩跑回車上，回來時端著一個圓圓的蛋糕模型，他得意的說：「你們看，我剛才在那個門廊上找到了什麼。」

這會兒佑斯圖才明白剛才車裡為什麼會有一股可口的香味。之前在慌亂之中，沒有人注意到摩格里偷走了瑪蒂妲嬸嬸的櫻桃蛋糕。嬸嬸常常在夜裡把蛋糕放在戶外冷卻。

「我已經嚐了一點。這是我吃過最好吃的蛋糕。來吧，這算是我們的甜點。」摩格里說。

他們全都在「咖啡壺」底下坐下來，貪婪的用手拿著蛋糕吃。這一次佑斯圖沒有覺得良心不安，因為這個櫻桃蛋糕可以說本來就是他的。

11

夜間行車

等他們把最後的蛋糕屑也吃掉了，尼羅站起來，朝著貨車走去。

「走吧，上車！回我們的藏身處去。明天是我們的大日子，大家都得好好睡一覺。」

這一次，又只有三個問號坐在後面。貨車轉彎上了大馬路，輪胎嘎吱作響，以高速往南邊行駛。

彼得擔心的問：「他們要帶我們去哪裡？」

鮑伯聳聳肩膀說：「不知道。尼羅剛才提到了一個藏身處。也許我們會在那裡見到這一夥人的另外幾個。其實我寧可不要見到他們——我已經受夠這些傢伙了。」

彼得點點頭表示同意。「不過，快告訴我們，剛剛在窗戶下面到底發生了什麼事！」

「喔，我根本沒有別的選擇。我總不能真的闖進瑪蒂妲嬸嬸的廚房去吧。當月亮被雲遮住了一會兒，我就撿起一塊石頭往窗玻璃丟過去。我想不出更好的辦法。」他的兩個朋友拍拍他的肩膀表示讚賞。

貨車仍舊飛快的行駛在筆直的大馬路上。佑斯圖一邊揉著愛睏的眼睛，一邊說：「我倒想知道，他們星期天的大行動是什麼。要搶劫其實不太可能，因為所有的商店星期天都不開門。現在我們只好等待。等到大家都睡著了，也許我們會有機會逃走。」

時間應該已經過了午夜，三個小偵探努力和睡意對抗，但終於一個接一個的閉上了眼睛，把頭靠在貨車上。

幾分鐘後，他們被粗魯的叫醒。

「終點站到了，大家都下車！」蘿拉大聲說，扯開了貨車的拉門。三個問號被嚇醒了，在手電筒刺眼的光線中眨著眼睛。

彼得伸手遮住眼睛，迷迷糊糊的問：「我們在哪裡？」

蘿拉說：「你馬上就會知道了。來吧！看看其他人是不是還醒著。」

在黑暗中三個問號看不清周圍的環境。看來他們是在一座老舊工廠的前面。

蘿拉領著三個問號穿過一條陰暗的走道，一邊向他們說明：「這裡從前是個製冰工廠。製造的不是冰棒，而是工業用的大冰塊，漁夫用這些冰塊來冷凍魚類。不過，這座工廠從好幾年前就停止生產了。走這邊！」

走道的盡頭是個大廳。高高的屋頂裂開了一個大洞，可以直接仰望星光閃爍的夜空。地上燃著一堆營火，發出劈劈啪啪的聲音，四個人圍著營火而坐，他們全身都裹在睡袋裡。

一個戴棒球帽的男孩對他們喊：「嘿，你們帶回來什麼怪傢伙？」

「他們沒有問題，里柯，」蘿拉告訴他，「明天的行動我們用得上每一個人。」

接著尼羅介紹了他們這一夥的其餘幾名成員。「嗯，蘿拉剛才已經說了，這位是里柯，他是扒竊高手。中間那兩個女孩名叫琪恩和夢娜，她們是雙胞胎，在一個月前逃家。戴著毛線帽的那個是杉米，他能用一根彎曲的鐵絲開鎖，速度比別人用鑰匙還快。」

里柯從睡袋裡鑽出來，對著三個問號說：「你們又是誰呢？」

摩格里搶在三個問號之前回答：「這個是胖子，那邊那個我們叫他戴眼鏡的，這邊這個瘦竹竿是瘦子。」

杉米笑著說：「酷，聽起來很不賴。所以說，他們是胖子、瘦子和戴眼鏡的。他們三個通過入夥測驗了嗎？」

蘿拉有點遲疑的點點頭。「算是吧。不過他們還有很多事要學。他們是老沙介紹來的，我跟他通過電話。」

摩格里拿了一根樹枝，在火堆裡捅來捅去。「我老是聽到老沙、老沙。老沙也向我推薦過一根自家做的熱狗，結果害我在馬桶上蹲了一個小時。」

「別再說了，」尼羅插話。「明天我們要展開我們的大行動。每個人都要養足精神。」

「你們到底打算做什麼呢？」佑斯圖好奇的問這個領袖。

「吃早餐的時候我就會告訴你們。」尼羅說。

三個問號拿到了睡袋，在其他人身邊躺下。摩格里又扔了幾塊木柴到營火裡，臉色陰沉的警告他們：「我會盯著你們。」

12 試圖逃走

三個小偵探沉默的躺下，仰望著閃爍的星空。夜裡很涼，規律的浪濤聲從遠處傳來。佑斯圖一邊捏著下唇，一邊想：「看來這座工廠離太平洋不遠。」在這一天裡發生了這麼多事，回想起來讓他感到暈眩。威莫斯太太家失竊，波特先生的店被偷，瑪蒂妲嬸嬸的皮夾被扒走，還有瘦子諾里斯的手機。老沙、彼得的腳踏車、雷諾斯警探，還有那頓白吃的晚餐。最後鮑伯還打破了瑪蒂妲嬸嬸家廚房的玻璃，現

在他們又睡在一座舊工廠裡。他真希望自己早上沒有起床，一整天都待在床上。然後他就睡著了。

佑斯圖不知道他躺在那裡多久了，在他身旁突然響起窸窸窣窣的聲音。過了好一會兒，他才又想起來自己在哪裡。接著他鼓起全副勇氣，張開眼睛，確定了這不是一場夢。透過裂開的屋頂，他直接看見皎潔的月光。營火這時已經熄了。可是那奇怪的聲響是什麼？佑斯圖不敢往旁邊看。那陣窸窣聲已經停止，此刻他聽見的是輕輕的咂嘴聲。佑斯圖突然感覺臉上有個柔軟而溫暖的東西，是一隻小貓的腳掌。牠溫柔的依偎著他，舒服的發出呼嚕呼嚕的聲音。看來牠先前去享用了晚餐的剩菜。

彼得就躺在他旁邊，佑斯圖小聲的問：「彼得，你醒了嗎？」彼得疲倦的揉揉眼睛，大聲打了個呵欠。

「噓，小聲點！」佑斯圖輕聲說，伸手摀住彼得的嘴巴。那隻貓咪嚇得跳起來，跑走了。

彼得也過了好一會兒才意識到自己身在何處。「佑佑，怎麼了？」他輕聲的問。摩格里躺在對面，在睡袋裡吮著大拇指。

「彼得，你得把鮑伯叫醒。現在是溜走的機會。」

鮑伯得先找到他的眼鏡。他睡眼惺忪的問：「佑佑，現在幾點了？」

「我不知道。可是外面還是黑的。走吧，我們得離開這裡！」

他們悄悄從睡袋裡鑽出來，盡可能不要發出聲音。其他人都還睡得很熟。尼羅大聲打鼾，杉米喃喃的說著夢話，聽不懂他在說些什麼。

三個問號一步一步悄悄從這夥人身邊走開。一直到了那條長長的走道，他們才敢再度交談。

佑斯圖說，「我有個計畫。我們可能距離岩灘市很遠。用走的絕對走不到。」

「那你打算怎麼做？」彼得問。

「你們還記得嗎？在那輛貨車裡還有兩部腳踏車。我想那也是偷來的——可是我們必須要利用這個機會！」

不久之後，他們就站在那輛綠色貨車前面。遠方的天空被染紅了，太陽很快就會升起。

鮑伯小心的按下車門的把手。「運氣不好。他們把這輛破車鎖上了。」

其他的車門也都鎖住了。

但是佑斯圖不打算放棄。「好，那我們就去尼羅那裡把鑰匙弄來。他的長褲就放在睡袋旁邊，汽車鑰匙一定就在他的長褲口袋裡。」

「你瘋了嗎？」彼得反駁。「我們好不容易出來了。如果再回去，萬一有人醒來怎麼辦？」

「不會啦，他們睡得像嬰兒一樣熟。來吧！再過幾分鐘我們就又出來了，然後我們就趕快溜走。」

佑斯圖猜得沒錯。那夥人全都跟先前一樣躺在睡袋裡，尼羅仍然在打鼾。佑斯圖小心翼翼的走近這夥人的領袖，悄悄拿起尼羅的長褲，在口袋裡翻找。輕輕一聲叮咚，洩露出汽車鑰匙的確在那件長褲的口袋裡。

「我找到了！」佑斯圖小聲的對他的兩個朋友說，然後向後退了一步，差點踩到那隻小貓咪。牠生氣的喵喵叫。

「快，趕快再躺下來！」佑斯圖輕聲說，三步併兩步的跳回他睡覺的位置。摩格里把大拇指從嘴裡抽出來，翻了個身。三個問號全都又躺回睡袋裡，閉上眼睛，一動也不敢動。

那個小男孩似乎醒了。他疲倦的伸個懶腰，大聲打了個呵欠，在睡袋裡坐起來。接著聽見他睡袋的拉鍊被拉開了，摩格里朝著三個問號走過來，朝他們彎下身子。可是當彼得開始小聲打呼，摩格里的腳步聲就朝著走道的方向離開。

佑斯圖偷偷睜開眼睛，罵了一聲：「可惡，他切斷了我們逃走的路。他在夜裡到外面去做什麼？」

「也許他想要上廁所，不然就是想要欣賞日出。」鮑伯小聲的說，又從睡袋裡鑽出來。「可是這對我們來說都不重要。我只知道一件事：我們必須盡快離開這裡。這裡一定還有另一個出口。」

三個問號下定決心站起來，悄悄穿過大廳。大廳的另一邊有道鋼梯通往上面一層樓。三個問號躡手躡腳的爬上樓梯，到了樓上，有兩條走道通往不同的方向。佑斯圖決定走左邊那條。可是這條走道的盡頭是個沒有窗戶的黑暗房間。

「嘿，你們看。」鮑伯驚訝的說，「那些傢伙的裝備全都放在這裡。那邊還有更多的鐵條、繩索、手電筒和深色衣服。我想我們現在正好用得上。」鮑伯拿起一支手電筒，彼得抓起一條長繩，然後他們往回跑，想走另一條走道碰碰運氣，可是那條走道的盡頭也是個黑漆漆的房間。

只不過，這個房間有一扇裝了鐵窗的小窗戶。三個問號望向窗外，發現那輛卡車就在他們正下方。摩格里蹲在車子前面撫摸那隻小貓。

「我們時間不多了。」佑斯圖嘆了一口氣，想往回走。

「小心！」彼得突然喊道，緊緊抓住他朋友的手臂。佑斯圖差點就從地上的一個洞掉下去。

「謝了，彼得。」佑斯圖結結巴巴的說，並深深吸了一口氣。

13 寶庫

鮑伯蹲在地板上，用手電筒照進那個洞裡。「佑佑沒有摔下去實在運氣很好。這個洞很深，我們可以把繩索垂下去，然後一個一個攀著繩索到下面去。說不定下面有另外一個出口？」

他的提議被接受了。彼得把那條長繩緊緊綁在鐵窗上，打了個結。「嗯，這樣應該可以了。佑佑最好第一個下去。如果這條繩索撐得住他，那就一定撐得住我們。」

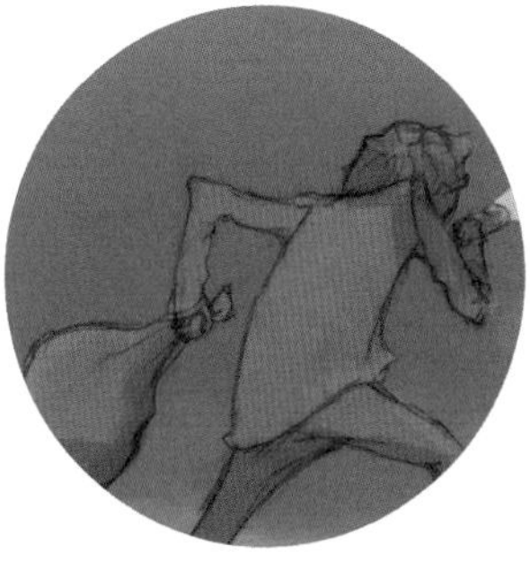

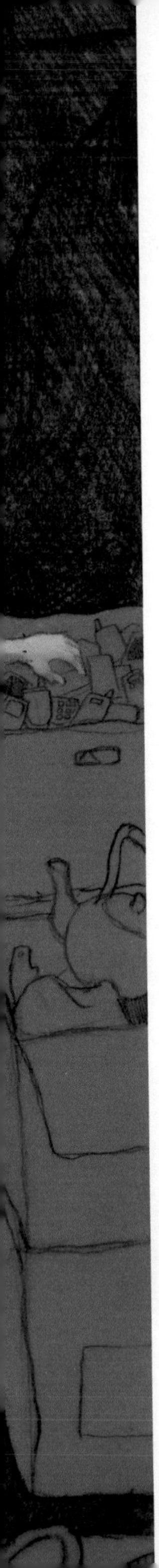

佑斯圖朝手裡吐了點口水，抓住那條繩索。他小心翼翼的從洞口邊緣滑下去，然後攀著繩索一點一點的往下降落。下降幾公尺之後，他的雙腳碰到了地面。但是沒有手電筒，他只能猜想他現在人在哪裡。不久之後，彼得和鮑伯也站在他旁邊。他們照亮了這個地方，簡直不敢相信自己的眼睛。看來那夥人把他們偷來的東西全都放在這個小房間裡。

鮑伯拿起那許多手機當中的一支，不敢相信的說：「你們看看這個！這一定是從波特先生的店裡偷來的。這裡還有一大堆現鈔和首飾。這個地方簡直就像一座寶庫。」

可是佑斯圖擔心的是別的事。「這些贓物現在對我們一點用處都沒有。我們得先離開這裡。後面那扇門通到哪裡？」

彼得悄悄打開那扇鋼門，不禁垂下了頭。這一次又讓三個問號失望了。他們這整番逃走的努力都是白費功夫，因為眼前又是那夥人所睡的那座大廳。

佑斯圖大受打擊。「我想，我們沒辦法偷偷溜出去了。現在只好再鑽進睡袋裡躺下，希望之後我們的運氣會好一點。」

他們筋疲力盡的又鑽進睡袋裡，剛剛好還來得及，因為摩格里幾乎就在同一個時間從外面回來。

他們立刻就睡著了。

可是夜晚消逝得太快。彷彿才過了不久，蘿拉就精神抖擻的在大廳裡跑來跑去，用一根湯匙敲著平底鍋。「起床囉，你們這些懶蟲。白天很短，而我們要做的事很多。」

里柯疲倦的戴上棒球帽，摀住耳朵。「好了，蘿拉，我的耳膜快被震破了。這比在青少年收容所還糟。」

早餐是在營火上煎的培根和炒蛋。一個倒在地上的鋼櫃充當桌子，空桶子則被用來當作椅子。

吃過飯後，尼羅把一大張紙攤開來。「好，現在我把計畫告訴你們。有一件事我得先說：這是個天才計畫。」

大家都用叉子去敲桌子表示佩服。

尼羅說：「謝了，各位，謝了。你們知道，這幾天來我費了很大的功夫才做出這個計畫。」蘿拉幫忙他把這張紙攤在桌上。似乎只有她知道這樁大行動的細節。尼羅繼續說：「這張紙上畫的是岩瀨市立劇院的平面圖。入口在那裡，畫十字的地方是衣帽間，再過去是劇院大廳。現在你們猜猜看，我的計畫是什麼！」

杉米一邊挖鼻孔，一邊朝那張圖看了一眼。「難道我們要去那裡表演嗎？」大家都笑了，杉米又再坐下。

「別說蠢話。我們將要做一件大事，是這座無聊的城市從來沒發生過的。我向你們保證，做這一票會讓我們變成有錢人！」

「你就別吊我們胃口了。」里柯催促他。

「你不要打斷我，我才能把事情說清楚。嗯，是這樣的，再過三個小時，岩灘市有一半的人都會去觀賞上午的演出。接下來是重點：我們將偷走整個衣帽間裡的東西。觀眾的外套和昂貴的大衣，口袋裡裝著手機和皮夾。怎麼樣，你們覺得如何？」大家又用叉子敲桌子。為了不讓其他人起疑，三個問號也跟著做。

里柯把棒球帽戴正。「你的計畫不賴。可是我們要怎麼進行？衣帽間總是有人在看守。難道你要把他打昏嗎？」

尼羅搖搖頭。「不，別說蠢話。我說過了，這是個天才計畫。我們要啟動火災警報。」

「火災警報？」大家異口同聲的問。

「沒錯。我們去打破消防警報器的防護玻璃，警報聲響起，大家都會驚慌失措的往外面跑。這就是我們下手的時機。我們去衣帽間拿了那些衣服，從後門離開。我會把貨車停在後門外。等我們把東西塞進車裡，把車門一關，就可以揚長而去，結束我們在岩灘市的客串演出。還有問題嗎？」

佑斯圖猶豫的舉起手。

「這個胖子現在又要囉唆些什麼？」摩格里罵道，一邊拿著叉子揮舞著。

尼羅說：「讓他說。每個人都可以對這個計畫表示意見。說吧，胖子，你有什麼問題？」

佑斯圖說：「這個計畫聽起來很不錯，尼羅。可是，如果觀眾不久之後就發現並沒有失火呢？他們一想到這只是一場虛驚，就會再回來。」

有那麼一會兒，尼羅好像對佑斯圖的意見很佩服。但他隨即從口袋裡掏出一個小罐子，高舉在半空中。他的兩眼發亮，彷彿正等著有人提出這個問題。「你們知道這是什麼嗎？當然不知道。這是個煙霧彈。在好萊塢拍電影的時候就會用到這種東西，是我從一個特技演員那裡買來的。這個東西一爆炸，在幾秒鐘之內，整個空間就會煙霧瀰漫。看起來完全就像真的，卻一點也不危險。怎麼樣啊，現在你們還有什麼意見？」這一次大家甚至全都起立鼓掌。

「謝啦，各位。好了，你們再坐下來吧。現在要講到細節了。我們分成幾組進劇院。我跟蘿拉會坐在第一排，稍後會點燃煙霧彈。其他人就分散在大廳各處。我們只需要派一個人去啟動消防警報器，讓警報聲響起。」

「我去。」摩格里立刻自告奮勇去做這件事。

佑斯圖揉捏著下唇說：「如果讓熟悉劇院的人去做這件事不是更好嗎？我的意思是，我們三個對那個劇院再熟悉不過，學校的老師常常強迫我們去劇院，那保證是我們一生中最無聊的時光。幸好我們已經離開學校了。」

尼羅考慮一會兒之後同意了。「好吧，這聽起來很合理。如果警報聲沒響，這整個計畫就泡湯了。為了保險起見，你們三個一起去做這件事。」

摩格里氣壞了。「為什麼偏偏叫這幾個新來的人去？如果他們去告發我們呢？到時候換成我們要拉警報。尼羅，我要緊緊盯著這三個傢伙。我跟他們一起去。」

「這聽起來也很合理。」里柯插話。「防人之心不可無。」

「這是我的口頭禪。」摩格里高興的咧開嘴笑了。

「好吧。你們說服我了。」那摩格里就跟他們三個待在一起。等到警報聲響起，夢娜和琪恩就跑到車上，負責接應贓物，在車上堆放整齊。你們其他人能拿得動多少貴重物品就拿多少，但是每個人只跑兩趟。你們聽見了嗎？只跑兩趟，不准多跑。拿不動的就留在衣帽間。我算過了，消防隊抵達劇院大概需要八分鐘。我們必須在那之前就遠走高飛。好，全部的計畫就是這樣。這是我們最後一次待在這個製冰工廠，把所有的東西都收好，裝上貨車。蘿拉去處理我們偷來的東西，杉米去樓上拿裝備。動作快！」

三個小偵探突然一陣驚恐。

「那條繩索！」彼得驚慌的小聲說。「杉米會發現綁在鐵窗上的繩索。」

14

千鈞一髮

杉米心情愉快的爬上那道鋼梯，三個問號拚命思考要怎麼樣才能阻止他。鮑伯突然偷偷拿起杉米的睡袋往營火裡扔。「嘿，杉米，快點下來！你把睡袋放得離營火太近了。快點，這東西馬上就會燒起來！」

杉米不知所措，跌跌撞撞的下了樓梯。可是已經來不及了，他的睡袋已經化作火焰，只留下一股冒著臭氣的煙。

「這是怎麼回事？我不記得我把睡袋放得離營火這麼近。真氣人。」

大家立刻都圍著營火站立，睡袋這麼快就燒起來，令大家都感到驚訝。

最後蘿拉說：「別生氣，如果這一票成功，我們就能睡在最好的飯店裡。」

沒有人注意到彼得飛快的跑到樓上，把那條繩索放回原來的地方。

等到三個問號又能私下說話，鮑伯拍拍彼得的肩膀，讚許的說：「哇，彼得，想不到你能跑得這麼快。」

「我也想不到你會有這麼好的主意。」彼得回答。「你怎麼會想到讓睡袋燒起來？」

鮑伯忍不住笑了。「嗯，這是我從那位大師那裡學來的。」他指指尼羅說，「是他想到了火警那個主意。」

幾秒鐘之後，三個問號又碰到了麻煩。

「可惡！誰拿走了我的汽車鑰匙？」尼羅突然大叫，回聲從牆壁傳來。「昨天明明還在我的褲子口袋裡，這一點我很確定。」

蘿拉試著安撫他。「也許鑰匙還插在車上？」

摩格里插嘴說道：「不，肯定沒有插在車上。我剛剛才去看過，車門全都鎖著。我忍不住要去檢查一下，自從這三個新來的在這裡，就產生一堆麻煩。」

大家一起在地板上找。佑斯圖很緊張，他顫抖的手摸到那把汽車鑰匙就在他褲子口袋裡。摩格里似乎察覺到什麼，始終不讓佑斯圖離開他的視線。不管佑斯圖再怎麼巧妙的把鑰匙從口袋裡掏出來，摩格里都會發現。

尼羅愈來愈火大。「我實在無法想像我會笨到搞丟了鑰匙。如果在五分鐘之後還沒找到，我就要檢查你們每一個人的口袋。鑰匙一定在其中一個人身上。」

「說不定我們當中有奸細。」摩格里突然喊道，用懷疑的眼光緊緊盯住三個問號。佑斯圖突然彎下腰，像是要從地上撿起什麼東西。

摩格里馬上注意到了。「嘿，胖子，你在幹什麼？」

彼得和鮑伯同情的看著他們的朋友，現在他們也沒辦法替佑斯圖做些什麼。但佑斯圖做出一副訝異的表情，把一小塊碎玻璃拿到那個小男孩面前。「我看見灰塵裡有個發亮的東西，但可惜只是片碎玻璃。」

摩格里又生氣的嘀嘀咕咕，更加密切的注意佑斯圖。彼得和鮑伯也不明白他們的朋友打算做什麼。

佑斯圖卻留著那片碎玻璃，懶洋洋的把雙手插在褲子口袋裡。但是沒有人看見他正努力用玻璃的銳利邊緣把褲子口袋割破。等到破洞夠大，鑰匙就能穿過洞裡掉下去。

「還有一分鐘！」尼羅生氣的說。

佑斯圖檢查著營火周圍的地面。他在摩格里睡覺的地方停留了一會兒，一個涼涼的東西順著佑斯圖的腿滑下來，輕輕落在摩格里的睡袋上。

「好，時間到了。」尼羅宣布。「每個人都帶著自己的東西到我這兒來，現在我要開始檢查。」

可是用不著檢查了。因為熱心過度的摩格里已經拿起他的睡袋，那把汽車鑰匙叮咚一聲掉在地上。

杉米最先注意到。「看哪！鑰匙一直都在矮子的睡袋裡。我們找到那個奸細了。」

摩格里不明白這是怎麼回事，他很激動，結結巴巴的說：「等一下，這跟我沒有關係。我向你們發誓，剛才鑰匙還不在這裡。你們得要相信我！」

尼羅緩緩走向他。「這樣是不行的，摩格里。事實對你不利。現在我們該拿你怎麼辦？」

「我們把他趕出去。」杉米回答。

但是蘿拉不同意。「這也可能是個意外。說不定是貓咪把鑰匙叼到睡袋裡了。」

「對，沒錯，那隻貓咪。是那隻貓咪做的。」摩格里一直重覆的說，一邊四處張望，看看那隻小貓在哪裡。

尼羅考慮了一會兒，又說：「好吧，我們投票決定。贊成把摩格里趕出去的人請舉手！」

佑斯圖、彼得和鮑伯立刻舉手。杉米也站在他們這一邊。其餘的人則相信摩格里，決定把他留下。尼羅宣布了結果：「五票對四票，結果對摩格里有利。他可以留下來。」

那個小男孩拍手歡呼，開心的在大廳裡跳來跳去。「謝謝！我的朋友，謝謝你們。」

15

大行動

時間不多了，尼羅催促他們這一夥人。「現在動作快！再過一個小時，劇院的表演就要開始了。大家趕緊上車！偷來的那幾部腳踏車就留在這裡。」

不久之後，他們一個緊挨著一個，全都坐在貨車上。

太陽已經升得很高了，車子裡愈來愈熱。

「下一次我們去弄輛有空調的車子。」里柯呻吟著，一邊用棒球

帽搧風。久久都沒有人說話。大家都在心裡準備接下來的大行動。

半小時後，彼得從車窗玻璃上的隔熱紙的破洞望出去。他們剛剛經過寫著「岩灘市」的路標，彼得緊張的自言自語：「現在要玩真的了。」

每年，學校的劇團會邀請市民前來市立劇院觀賞一次演出。今年的節目是莎士比亞的《仲夏夜之夢》。從好幾天前，商店的櫥窗裡就張貼著小海報，預告這個活動。

這個星期天上午，劇院的售票口前面已經大排長龍。

尼羅把貨車停在劇院的後門前，彎身對他們說：「按照計畫，你們現在分成幾組進去，盡可能不要引人注意。這是門票，我在幾天前就替每個人都買了一張。但是這場演出的預售票已經賣完了，我們得把胖子、瘦子和戴眼鏡的偷偷弄進去。不過我想，這件任務是最簡單的。我會和你們三個在後門這裡等。摩格里，等你進了劇院，你就立刻溜到後門來，從裡面把門打開。明白了嗎？現在去吧！」

這一夥人一個接一個的離開這輛綠色貨車。先是蘿拉和摩格里，接下來是那對雙胞胎，里柯和杉米殿後。

三個問號緊張的看著劇院的後門。

過了十五分鐘，門才終於開了，摩格里笑嘻嘻的走出來。「請進，各位先生。歡迎來參加史上最大的行動。」

三個問號沒有退路，只好跟著進去。走進去時，佑斯圖小聲的對他的兩個朋友耳語：「等到只剩下我們，我們就溜去警察局報案。」

可是尼羅使他們的希望落空了。「等一下，我改變了主意。我決定留在你們身邊，確保啟動火災警報的事不會出差錯。」

看來這一夥人的首領還是不太信賴三個問號。

彼得喃喃的問：「那煙霧彈要由誰來點燃？」

尼羅說：「這件事交給矮子。喏，摩格里，點燃煙霧彈這件光榮的任務就交給你了。你只需要扯動下面這條線。當然，記得要先等火災警報響起。」

那個小男孩得意的接過那個罐子。「尼羅，我一定不會讓你失望，絕對不會。你可以信賴我。」接著他就歡天喜地的走了。

尼羅把他的襯衫領子豎起來，說：「好，現在我們去找消防警報器。我想，這附近應該就有。」

後門旁邊有道寬闊的樓梯通往樓上，隱約聽得見嘈雜的人聲從觀眾席傳來。現在尼羅也開始有點不安。「我們最好是分開來找。我和胖子在這裡找消防警報器，瘦子和戴眼鏡的去另一頭找找看。分兩組同時進行比較好。還有，記得：等到舞臺的帷幕拉起來之後，才把消防警報器的玻璃打破。現在去吧！」

三個問號無奈的看看彼此。但他們別無選擇，只好遵照尼羅的指示行動。

不久之後，長長的走道上就只剩下佑斯圖和這個竊盜集團的頭子。佑斯圖知道，只要他還受到尼羅的控制，彼得和鮑伯就什麼也不會做。而放眼望去，都沒有看到消防警報器。

「好吧，」尼羅說，「現在先別緊張。」他又匆匆從另一道樓梯下樓。佑斯圖只好跟在他後面。

突然，他們遇到了一個綠色小精靈。這個小人兒緊張的啃著指甲，不停的唸著同一句臺詞：「喂，精靈，你要逛到哪裡去？」

等這個精靈走開了，尼羅吃驚的問：「這是怎麼回事？他瘋了嗎？」

但佑斯圖明白這是怎麼回事。「不，他是劇團的人。在學校的時候我看過他們排練。」

愈來愈多奇怪的人物在走道上朝他們迎面走來。扮成小精靈的女孩，還有身穿古羅馬式服裝的男男女女。從後面的一個房間裡傳出一

個激動的聲音：「快點，小朋友，動作要快！再過幾分鐘，舞臺的帷幕就要拉起來了。安靜點，安靜！」佑斯圖認得這個聲音，那是校長在講話。他對戲劇充滿狂熱，據說他曾經在好萊塢電影裡演過配角。

尼羅愈來愈不安。「我們不能待在這裡。到頭來搞不好這些神經病會壞了我們的事。我只希望你的兩個伙伴比我們成功，希望他們能及時啟動消防警報器。」

佑斯圖知道他的兩個朋友百分之百不會這麼做。

16

最後一幕

就在這一刻，如雷的掌聲響徹了整座劇院。看來舞臺上的帷幕剛剛拉起。

尼羅氣壞了。「該死，這整個計畫都泡湯了。你那兩個伙伴的運氣也沒有比較好。我本來很確定，在每座劇院裡都一定會有幾個消防警報器。這裡的人也太馬虎了吧？好了，現在最重要的是保持冷靜，計畫還沒有失敗。走，胖子，我們再到樓上去看看！」

他們匆匆忙忙的又爬上樓梯。有一條狹窄的走道從這裡通往舞臺布景後面。

「走這裡！」尼羅壓低了聲音說。從一面屏風上的小洞，佑斯圖和尼羅可以直接望見舞臺。

「上帝保佑美麗的海麗娜，你到哪裡去？」一個少女喃喃的說，她穿著飄動的長袍。尼羅嚇了一跳，把頭縮回來。

「這也是這場戲的一部分。」佑斯圖要他放心。

從這裡也看得見觀眾席。蘿拉和摩格里坐在第一排。他們不小心剛好坐在雷諾斯警探旁邊，臉色灰白的盯著舞臺。看見那位警探，佑斯圖很高興。蘿拉和摩格里坐立難安的東張西望，摩格里不安的把手放在口袋裡東摸西摸，緊張的等著要把煙霧彈點燃。那對雙胞胎坐在他們後面幾排，杉米和里柯則坐在最後面。

「走吧，胖子，我們得繼續去找。」尼羅催促著，一邊抓住佑斯圖的手臂。可是這條走道最後是條死路，他們只好再往回走。

「這裡明明應該要有個該死的消防警報器掛在某個地方！」尼羅罵道，帶著佑斯圖又下了樓。「我們去另一邊碰碰運氣，你的伙伴也在那邊。」

可是尼羅運氣不好。他既沒有找到彼得和鮑伯，也沒有找到消防警報器。最後他沮喪的坐在樓梯臺階上。

「算了，我得更改我的計畫——那本來是個絕妙的計畫。這是通往大門的唯一通道。我們得要等到這齣戲演完，因為我總不能在演出當中就這樣穿過觀眾席。演出結束後，我就跟群眾一起出去，直接在衣帽間啟動消防警報器。那裡一定有一個。對，我們就這麼辦。」

一直有穿著戲服的演員從他們身邊經過，急著要上舞臺。尼羅和佑斯圖躲進了一間小儲藏室。

佑斯圖覺得時間無比漫長。他拚命思索，要怎麼擺脫這個竊盜集團的首領。「尼羅，」他突然輕聲的說，「我憋不住了。我急著要上廁所。」

「什麼？偏偏又有這種事。喏，我旁邊這堆破爛東西裡有個舊花瓶。」

佑斯圖搖搖頭。「不，這不行。我必須要去廁所。」

尼羅明白佑斯圖這話是什麼意思。他不耐煩的握緊拳頭說：「好吧，我看見那邊轉角有間廁所。因為你提起這件事，害我現在也想去。趁現在沒有人，走吧。」

他們一溜煙的穿過走道，抵達男廁，沒有被人發現。三間廁所中有一間有人，尼羅和佑斯圖閃進了剩下的兩間。可是尼羅才把門關上，佑斯圖就又溜了出來。在廁所和盥洗室之間還有一扇門，佑斯圖利用這個機會，把一張堅固的椅子推到門把下面。這下子門把壓不下去，尼羅就被關在裡面了。

佑斯圖在盥洗室裡發現一個用厚紙板做成的驢頭，可以戴在頭上。看來這是戲服的一部分，而那個演員大概跟尼羅一樣還在廁所裡。佑斯圖明白他把這個演員也關在廁所裡了；而他忍不住想試戴一下那個驢頭，對著鏡子看看戴上驢頭之後的自己。

就在這一刻，有人在廁所裡按下了沖水鈕。同時通往走道的門也開了，校長就站在佑斯圖面前，焦急的說：「馬丁，你怎麼還在這裡？再過三十秒你就得上臺了。走吧，快點，動作要快！」

佑斯圖立刻想把驢頭摘下來，可是校長把那個道具往他頭上壓得更緊。「我知道，馬丁，你是怯場，可是你得撐過去。這種經驗我有，噢，相信我，這種經驗我有。」佑斯圖一再嘗試向他解釋，可是校長不讓他說話。「快點，快點，別再出聲。你得要克服怯場的心理，馬丁。」

接著佑斯圖被推上了舞臺。他突然站在探照燈刺眼的光線下，戴著那個驢頭，望向全場的觀眾。觀眾大笑大叫，不過，這也是這齣戲的情節安排之一。

佑斯圖旁邊站著一個打扮成木匠的男子，他大聲說：「啊，波頓，你變了樣子啦！你頭上是什麼東西呀！」

佑斯圖看劇團排練時沒有看到這一段，因此他站在原地，一動也不敢動。觀眾席上漸漸起了騷動，那個木匠又說話了：「天哪！波頓！天哪！你變啦！」接著那個木匠就跑下了舞臺。

現在就只剩下佑斯圖獨自面對觀眾。

「我看透了他們的鬼把戲，他們想把我當成一頭蠢驢。」校長焦急的從帷幕後面輕聲替他提詞。觀眾中開始有人交頭接耳，有幾個人小聲偷笑。

這時候佑斯圖突然摘掉了驢頭，下定決心走到前面。校長在他身

後氣得揉掉了手裡的臺詞，整座劇院頓時鴉雀無聲。

「我有話要說。」佑斯圖堅決的說。觀眾中響起一陣竊竊私語。就在這一刻，彼得和鮑伯也跳上舞臺。校長大吃一驚，向後倒退一步，不得不坐下來。原來彼得和鮑伯一直都躲在布景後面。

「趕快放下帷幕，放下帷幕。」校長用沙啞的聲音說。可是在這種情況下，沒有人聽他的話。

佑斯圖深深吸了一口氣，開始述說。

「一切是從有人偷走了威莫斯太太家晾衣繩上的襯衫開始。」

這時候，蘿拉和摩格里想從劇院逃走，但是雷諾斯警探把他們又按回座位上。

佑斯圖繼續述說，說起波特先生店裡的竊盜案，瑪蒂妲嬸嬸被扒走的皮夾，老沙，彼得的腳踏車，去餐廳裡白吃白喝，還有在劇院的這個大行動。這是岩灘市民在舞臺上觀賞過最精采的表演。只有里柯、杉米、琪恩、夢娜、蘿拉和摩格里縮在他們的椅子上，一動也不敢動。

佑斯圖完整描述了整個故事，包含那些竊案，那個青少年盜竊集團，還有今天這場大行動。

里柯、杉米、琪恩、夢娜、蘿拉和摩格里低下了頭。不久之後，尼羅也被傑佛斯警佐押進了劇院大廳。

這個案子破了。

雷諾斯警探爬上舞臺。「佑斯圖、彼得和鮑伯，我要代表岩灘市向你們致謝。多虧你們的協助，才避免岩灘市民遭受更多損失。你們做得太棒了。」

全體觀眾都站起來為三個問號鼓掌，掌聲持續了好幾分鐘。

不過，佑斯圖又說話了。「雷諾斯警探，我對您只有一個請求。我們很高興這件事終於結束了。但是我想請您替他們這夥人說句好話。他們的本性其實不壞——因為我知道他們缺少什麼。假如當年瑪蒂妲嬸嬸和提圖斯叔叔沒有收留我，誰知道我會變成什麼樣子。」

在第一排坐著一個小男孩，他鬆手讓一個罐子掉在地上，開始吸吮大拇指。

接著舞臺的帷幕就落下了。

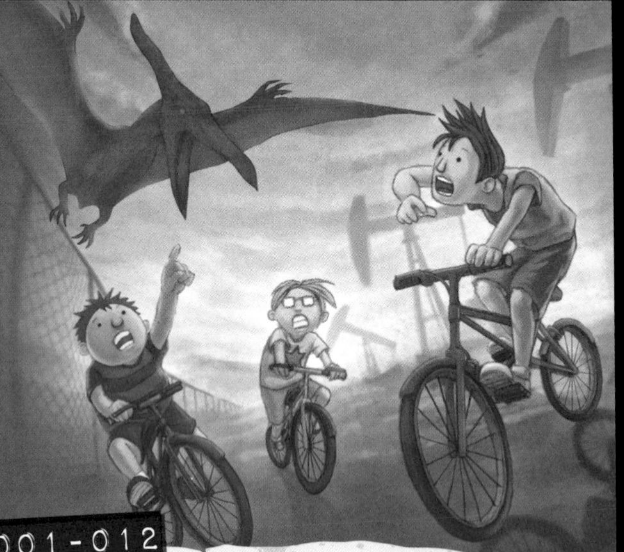

CASE FILE NO.001-012

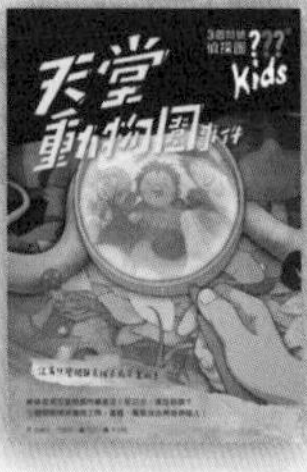

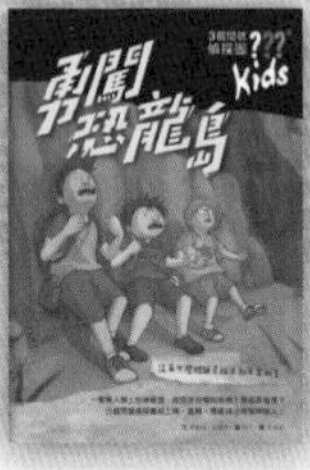

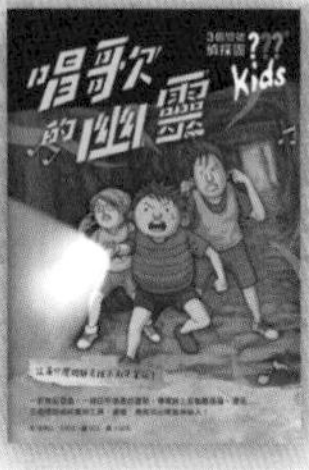

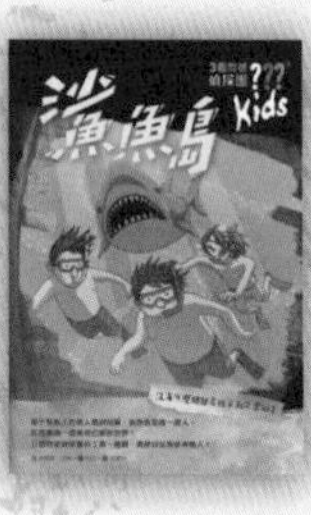

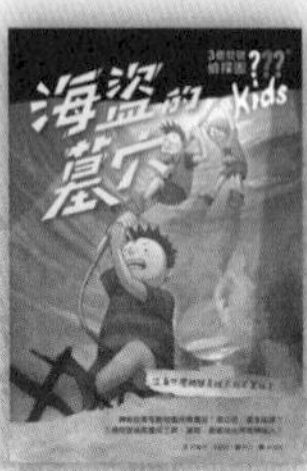

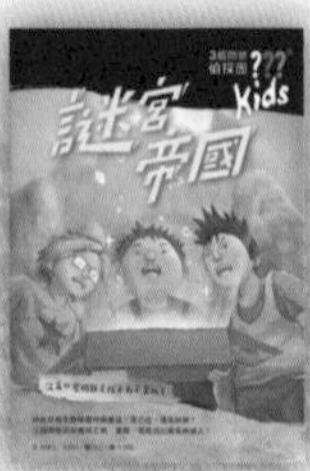

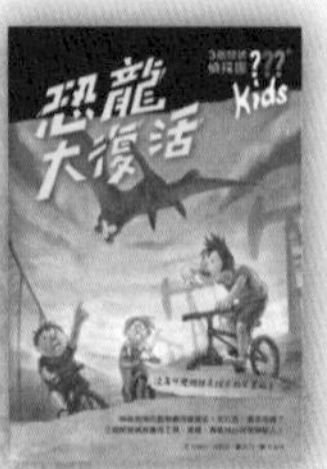

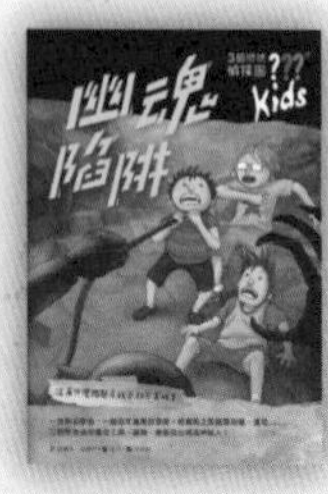

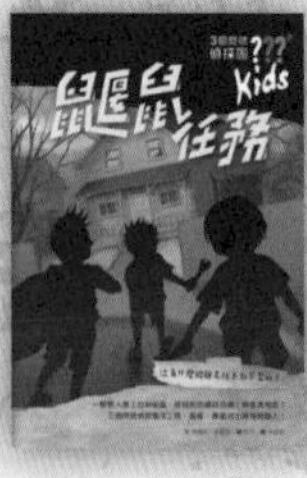

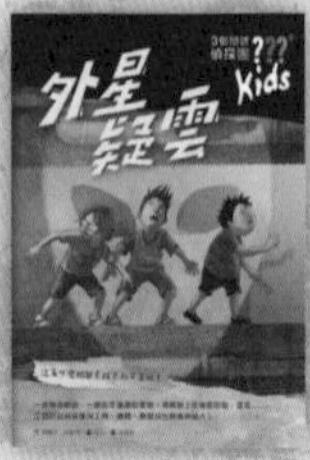

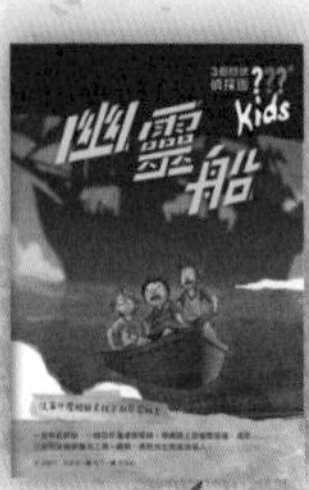

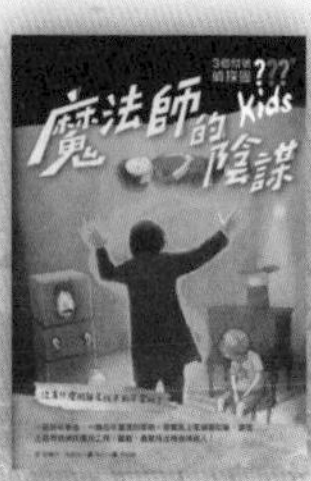

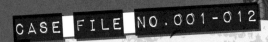

左手推理、右手冒險，訓練思考好功夫！

3個問號偵探團

恐龍現蹤？外星人降臨？空氣中充滿冒險的味道

偵探故事是訓練思考力的最佳文本

這套書所提到的議題，是十歲小孩所關切的。對目標讀者來說，此類故事能帶來「閱讀懸疑情節」和「與書中偵探較勁」的雙重樂趣。 —— **陳欣希** 臺灣讀寫教學研究學會理事長

當孩子閱讀主角心裡的話、思考的模式：正面、善良、溫柔、正義；雖有掙扎，但總是一路向陽。讀著讀著，正向的成長性思維和不畏艱難的底蘊，輕鬆遷移到孩子大腦。

—— **林怡辰** 閱讀推廣人、《從讀到寫》作者

從故事裡不難發現，邏輯推理絕不是名偵探的專利。我們只需要一些對生活的感知力，與一點探索冒險的勇氣，就能擁有解決問題的超能力。

—— **葉奕緯** 彰化縣立田中高中國中部教師

全球熱銷350萬冊，榮登金石堂、博客來暢銷榜

小偵探們堅持到底的精神讓我相當敬佩，原來生活中有許多難題只要我們擁有好奇心、冷靜有毅力的去找答案，問題一定可以迎刃而解。 —— **陳柏璋** 志航國小學生・五年級

我最難忘的是主角們使用各種特殊工具來解決難題，書中還可以學習到許多科學知識，並運用在生活上。 —— **謝宗翰** 興嘉國小學生・六年級

3個問號偵探團——09

鼴鼠任務

作者｜唔爾伕·布朗克（Ulf Blanck）
繪者｜阿力
譯者｜姬健梅

責任編輯｜呂育修
封面設計｜陳宛昀
行銷企劃｜陳詩茵

發行人｜殷允芃
創辦人兼執行長｜何琦瑜
副總經理｜林彥傑
總監｜林欣靜
版權專員｜何晨瑋、黃微真

出版者｜親子天下股份有限公司
地址｜台北市104建國北路一段96號4樓
電話｜（02）2509-2800　傳真｜（02）2509-2462
網址｜www.parenting.com.tw
讀者服務專線｜（02）2662-0332　週一～週五：09:00~17:30
傳真｜（02）2662-6048　客服信箱｜bill@cw.com.tw
法律顧問｜台英國際商務法律事務所·羅明通律師
製版印刷｜中原造像股份有限公司
總經銷｜大和圖書有限公司　電話：（02）8990-2588

出版日期｜2021年6月第二版第一次印行
2021年7月第二版第三次印行

定價｜300元
書號｜BKKC0045P
ISBN｜978-626-305-006-8（平裝）

訂購服務

親子天下Shopping｜shopping.parenting.com.tw
海外·大量訂購｜parenting@cw.com.tw
書香花園｜台北市建國北路二段6巷11號　電話（02）2506-1635
劃撥帳號｜50331356　親子天下股份有限公司

立即購買＞

有聲故事書

國家圖書館出版品預行編目(CIP)資料

3個問號偵探團. 9, 鼴鼠任務 / 唔爾伕.布朗克文；阿力圖；姬健梅譯. -- 第二版. -- 臺北市：親子天下股份有限公司, 2021.06
面；　公分
注音版
譯自：Die drei ??? Mission Maulwurf.
ISBN 978-626-305-006-8(平裝)
875.596　110006558